푸른사상
시선

39

안녕, 딜레마

정 운 희 시집

푸른사상 시선 39

안녕, 딜레마

인쇄 2014년 5월 2일
발행 2014년 5월 9일

지은이 · 정운희
펴낸이 · 한봉숙
펴낸곳 · 푸른사상사
주간 · 맹문재 | 편집 · 지순이 | 교정 · 김소영

등록 제2-2876호
주소 서울시 중구 충무로 29(초동) 아시아미디어타워 502호
대표전화 02) 2268-8706~7 팩시밀리 02) 2268-8708
메일 prun21c@hanmail.net
홈페이지 www.prun21c.com

ⓒ 정운희, 2014

ISBN 979-11-308-0223-7 03810
ISBN 978-89-5640-765-4 04810 (세트)

값 8,000원

안녕, 딜레마

나와 너 혹은
우리와 우리일 수 있는

달과 달무리
우산과 우산살
윗입술과 아랫입술
초침과 부침
눈물과 눈물샘

시를 핑계 삼아 걸어놓고
동거한 수많은 애인들, 사고 친 딱따구리, 날지 못한 물고기,
이별한 손가락……
삐딱한 사상을 발칙한 꿈을 믿는다.

정은희

| 차례 |

■ 시인의 말

제1부

제2부

제3부

| 안녕, 딜레마 |

제4부

제1부

볼트와 너트

태초의 말씀을 타고 어둡고 환한 빛이 여러 날 번갈아가며 흘러들었다 나라는 이름의 문을 열기 위해 한평생을 달그락 거렸다 누군가 이따금 그 문을 열어 몸의 방향을 바꿔놓았으며 계절을 바꾸고 노아의 방주에 선택된 암수 동물 한 쌍처럼 소리들이 자랐으며 먼지와 바람이 들락거렸다 홀로 있겠다면 홀로 있는 것이다 서로가 서로의 심장을 마주 보며 평생을 서서 늙어가는 나무도 있다 각기 다른 자궁에서 태어났으나

부드럽게 접근할수록 강하게 완성된다 집중적이지만 공격 적이지는 않다 몸에 바탕을 익혀 손끝에 숨겨놓은 길을 신중 하게 감지해야 한다 천기를 누설해도 안 되며 불온한 자들을 따돌려야 한다 배신은 용납할 수 없는 일이므로 서로는 서로 에게 깊숙해져야 한다 차갑고 단단할수록 아이는 따듯하게 늙어갈 사랑을 낳을 것이다 내가 너를 이토록 원하고 있으므 로 가까이 더 가까이 깊숙이 더 깊숙이 끝장을 봐야 한다

아들의 방

문은 고통 없이 잠겨 있다

가장자리부터 녹슬어가는 숨결을 품고 있는지
언젠가 제 몸이 녹의 일부가 되기까지
더 많은 악몽을 배설해야 한다

느닷없이 선반 위 유리컵이 떨어지듯이
느닷없이 손목을 긋고 욕조에 몸을 담그듯이
그곳에서 분노와 상처를 해결하고
녹을 꽃처럼 피워내 안전하게 내부로 들어가기를
강 속 같은 몽상의 방에서 피고 지기를 여러 날

얼굴에 난 상처 자국을 보았다
실금 간 유리처럼
아들은 단순하리만치 무표정했다
꽃을 해결하듯 수음을 즐기고
오래도록 잠을 청하기도 했다
잠깐 흐느끼는

음악 소리로 부풀려지기도 하는 방

문은 안으로부터 열려 있다

내부에서 피고 지는 파편들이
또다시 방의 실명을 증명하듯
제 스스로 염원해 갈망하는 것이다
방문은 고정된 액자처럼 흘러가고
녹을 잠식시킨 풍경들은
제 궤도를 벗어나 조금씩 이동한다

늙은 몸의 길

생선 국물이 끓고 있다

매콤하게 우려낸 뼛속 길들이 풀어질 때

전화벨이 울렸다. 귀가 어두운 아버지

엉뚱한 말들만 거칠게 끌어 올랐다

아직 저녁상을 차리지도 못했는데

아버지는 세월 위로 넘치고 있다

연실 끓어 넘치는 바다

헛기침하는 어머니의 빈자리

렌지 위로 흘러 빨갛게 길을 낸 식탁을 적시고

거실 바닥으로 흥건하게 스며들고 있다

이미 이생에서 바닥이 보이도록 넘쳐 흘렀을

입가에 말라붙은 웃음과 빈 가죽의 울림

햇볕을 마중할 수 없는 절룩이는 걸음

흘러내리는 바지춤을 지팡이로 끌어올리며

남은 길들을 한 올 한 올 꿰고 있다

냄비 속 허연 눈알이 풀리고 아가미로 삼켜진

지독한 열매와 냄새를 배설하고 있다

파란 불꽃 위에서 아버지의 바다는 무시로 졸여지고

밑바닥 타는 기침소리가 끊어진다

늦은 저녁상, 졸아붙은 냄비 속

짜디짠 아버지를 놓고 수저를 든다

셀프 인터뷰

사람도 모종된다는 것을
세 번째 친척의 손으로 넘어가면서 알았다
그때, 나의 키는 지팡이만 했을까?

내가 자란 방문턱을 가리키며
기억의 방에 가둬둔 노인은
갈라진 토담처럼 글썽였다
언덕의 풀처럼 자랐을 삼 년의 발가락에 대해 물었다

내가 태어난 수십 년 전
엄마와 아버지의 관계는 수정됐다
벼랑 끝, 떨고 있는 한 송이 꽃
뜨겁다 차갑다 옳다 그르다
불안은 벽을 만들고 천둥과 번개를 동반한
소낙비가 밤낮없이 목에 차올랐다
나의 눈물은 그들을 되돌려놓지 못했다

사춘기 시절에 대해 짧게는 몇 달의 때 낀 손톱에 대해 울

밖에 핀 맨드라미의 적막함과 긴 밤을 지켜낸 무릎에 대해 빗질이 용이한 머리카락과 달빛을 받아내는 새벽 꽃잎에 대해 나를 멀리한 그녀의 눈물에 대해, 그들은 한결같이 내 봉긋한 가슴과 하얀 피부색과 옥수수 대궁 같은 몸의 시간들을 쓰다듬었다 나를 키웠던 모래 언덕의 노을과, 이곳저곳에서 잡았던 손과 손의 출력에 대한 질문과 답변이 잔인하게 쏟아졌다

감자의 속살은 하얗고 수박의 속은 붉다
땅이 거칠거나 멍들었다고 서둘러 나누지 말자
태양이 나를 비껴 돌았다고도 말하지 않겠다
태풍이거나 구름이 두터웠다고
사람을 모종하는 게임을 말기로 하자

나의 첫 월경은 13세 여름이었다

뻘

처음부터 바다는 없었네

구름이 몰려오는 오후 세 시의 반대쪽으로

불판에서 조개는 쓸쓸한 유언을 뱉어내고 있었던 거지

가령, 너의 영혼처럼 차가운 젓가락 끝에서

죽음이 잠시 들어 올려지는 순간

앞에 앉은 여자의 아랫도리는 꿈틀거렸을지 몰라

뻘 속의 조개가 허공의 바다를

찰나에 되물고 들어가는 캄캄한 순간처럼

감쪽같은 널 감출 수 있어서 다행이야

이곳은 어제를 그리워하는 미래가 자꾸 깊어져서

어느 곳으로도 흘러들지 못할 거야 우린

뻘은 여자가 숨기에 적당한 장소일 테고

뭍에서 조개를 굽고 있는 남자의 성별은 바다일지 모르지

어쩌다 이름이 바뀐 행성에서

가끔은 벗은 몸을 비춰보며 아프다고 말하자

저곳을 바라보며 슬며시 이곳을 바라보는

눈물을 훔칠 수도 있는

구름의 자세를 닮은 이곳은

소리 없이 한 몸이 되는 언덕이 생겨나고

나는 네가 빠지기에 가장 가까운 곳에 있어

서쪽에서 세 번째 구름을 꺼줘

무궁화꽃이 피었습니다

뒤돌아보는 사이,
　서로는 꽃을 꺾거나 죽음을 맞이하고 잡은 손을 놓치기도
한다

　그러니까 지하도가 걸쳐 있는 매표소를 빠져나와
　습관처럼 친절한 진열품을 뚫고
　계절 옷들을 지나치며 이동 중이었을 때
　무궁화꽃은 피지 않았다
　하나 둘 계단을 세며 지상으로 올라섰을 때
　다섯 살의 아들이 사라졌다

　모두가 적이 되는 순간,
　태양이 사라지고 벌 떼처럼 불빛들이 달라붙었다
　아이의 옷 색깔, 신발, 머리, 키, 모자
　증명할 수 있는 모든 것이 있는데 없다
　벼락 맞은 광장에 풀이 자라고 나비가 날아들까

　누구의 손을 잡았을까

누구의 등을 보며 놀이처럼 가고 있을까

아이가 바람에 떠밀려 사라지고 있는 동안
미세한 금을 다시 만드는 우리들의 놀이
무궁화꽃이 피었습니다
꽃잎을 밟으며 점점 더 고요의 낙원으로
놓친 손을 잡아끌고 온 이곳은 어디인지
먼 너의 세계에 도착할 수 있을까
환영의 저것들 들끓고 있다

무궁화꽃이 피는 사이,
스무 살이 된 아이는 광장의 시계탑 밑에서
모르는 수많은 애인들의 입술을 훔치고 있다

새를 수정하다

노을진 이곳은 새를 바라보기에 적당한 온도야

그들은 바라보는 곳만 바라보고 눈동자를 닦아주던 구름은 경로를 바꿔 타고 가버렸지 사랑이 소모적일수록 아픈 그림자만 자꾸 생겨나 새의 날개를 훔치듯 신발 속에도 겨드랑에도 없는 그림자가 있는 그림자를 만들어내며 날갯짓을 하지

평범한 새가 되고 싶다는 그가 날아갔어 서랍을 정리해야 하는데 서랍 속 파랗게 눈뜬 칼날은 여전히 피를 기억하고 살점을 깎던 순간들이 반짝였어 구름을 꺼내 너를 조각한다 그계절을 깎았을 때 구름 한 점 붉게 번지고 순한 날개가 깨어나 숨 쉴 그곳으로 날아갔어 방향이 같은 이름으로 바라봐야 해 칼이 기억하는 분명한 이름을 부르면 빨리 대답할 수 있도록 주름치마를 잘 다려놓고 배가 고프면 지우개를 삼켜봐 차근차근 연필을 깎아 날아가 버린 새의 날개를 수정해야 돼

태양과 구름을 정리하고, 우주에서 너만 아는 방법으로 날아올 수 있도록 지금까지의 목록은 비워두겠어 노란 스파게티로 식탁을 차려 깡마른 부리로 콕콕 찍어내는 상처를 받아내겠어 설탕 같은 핏물이 뚝뚝 떨어지고 회환의 눈물을 흘리는

똥

나는 날마다 풍경을 먹는다 걸으면서도 잠을 자는 동안에
도 소리 소문 없이 사람들은 태어나고 매장되고 세상은 그렇
게 내 몸에 붙어 구멍구멍에 매 순간 나를 묻고 덮는다

조간신문에 배달된 아이러니한 뉴스를 뜯어먹고 산짐승을
통째로 묻어버리는 잔인함을 동조하며 성범죄자의 발찌를 구
경하듯 가까워진다 위장된 허수아비를 씹어 삼키는 몸속엔
온통 증명할 수 없는 노동으로 꿈틀거린다

너무 흔한 천사와 도망자, 거칠거나 순한 말들이 사거리를
건너가는 유령들이 상냥하게 위장하거나 살찐 짐승들이 부재
를 증명하듯 차오르고 있다

세상은 온통 설명할 수 없는 냄새로 차고 넘친다 터질 듯
부패되어 가는 똥 덩어리가 검은 통로를 빠져 나간다 휴식 같
은 쾌락이 떨어진다

카톡, 카톡

헤어진 애인이 카톡으로 사과를 전송했다

빨간 사과 속에는

밥은 먹었느냐고

어디 아픈 데는 없느냐고

까마귀 먹이로 던지려 했지만

그러기엔 사과의 질량이 검붉다

빠르게 화면을 끄고

나는 읽던 책을 읽었다

사과는 태초부터 모르는 맛이라고

중얼거리며 손을 씻었고

아무 탈 없이 저녁이 왔다

전원을 켜자

창문과 달빛 사이가 여전히 환하다

사과를 핑계 삼아 걸어두고, 나는

여전히 훌쩍 여행을 떠나느냐고

여전히 보들레르를 좋아하느냐고

구름을 채집해 정리하느냐고

카톡, 카톡

구름을 낳았던가

폭풍을 몰고 왔던가

사과 밑에 사과

사과 위에 사과

오래도록 불 밝히는 사과

붉거나 푸른 과육의 날들이

새벽이슬을 품고 있다

카톡, 카톡

유령처럼 사과를 전송하는

당신은 누구십니까

그냥

설탕을 애인처럼 털어넣는다

나는 칼이다 라고 주문을 넣는다
칼로서 친절한 너를 토막 낸다
잠근 수도꼭지에서 정확하게 베어지는 물의 가락들
수면양말을 신고 한낮을 잠근다

눈곱 위의 눈곱, 배꼽 위의 배꼽
너 위에 나, 검은 꿈을 뒤적이다가
촛불을 켜놓고 나쁜 파티는 계속된다
거짓말이 자꾸 하고 싶어진다

그림자 피는 오후, 탈색된 문장이 도착했다
자장면을 배터지게 먹었다 검은색과 친하고 싶다

사진을 찍는다 해바라기꽃은 긍정적이다
노하거나 슬퍼하거나
뒤돌아보면 배경에도 꿈이 있다

머리를 짧게 잘랐다 도망치고 싶은 바람 부는 날엔
맛있는 것 먹고 휘파람도 불었다
저녁은 오고 너는 멀리 있다
다시 생각해도 13층은 절벽이다

헛바닥 위에서 설탕은 빠른 속도로 녹는다
너와 내가 한 몸으로 흘러가듯이
끈적거리는 오해나 슬픔 따윈 이미 내 것이 아니다

나는 그냥 나이다. 그냥 계단이고 그냥 정거장이고 그냥 소
나기이듯이, 누군가 자꾸만 묻는다. 새들이 몰려가는 이유를,
새는 그냥 새이다. 그냥 사랑이고 그냥 바다이고 그냥 별이듯
이, 그냥 너와 나인 것이다. 그냥 걷는다. 그냥 노래한다. 그냥
헛것을 바라본다. 그냥 하품도 하고 그냥 하늘은 푸르고 그냥
네 손을 놓는다.

그녀의 등식

십 원짜리 사랑을 잃어버렸다고
백만 번째 애인이 첫 번째 구름을 타고 내려오는데
짐승의 울음만으론 대답이 되지 못한다

형체도 가물가물한 사람을 침대에 들이는 일
헛것을 만지작거리는 빈 손바닥으로
어둠의 벽을 가만히 두드리면
후드득 날아오르는 새 한 마리 있다

사랑을 키우는 일이란
설탕과 독약의 속성을 잘 섞어야 하는 것

한낮 꿈인가 싶으면
어김없이 찾아오는 봄의 전령사들
베로니카 패랭이 금잔화 팬지 등을 열거한다
화려한 색깔이 때론 위협이 될 때도 있지만
씨앗을 받아내는 힘으로 몸이 열린다

언젯적 두 발자국이 벽에 걸려 있다

노을에 찍힌 발자국은

새들이 아는 체하는 인사이기도 하며

허공으로 흩어진 동그란 약속이기도 하다

오늘의 감정은 사루비아의 빨간색

마스카라로 지어낸 그늘은 생략하기로 한다

적당히 기대어줄 햇살이 느슨하면 족하다

백만 번째 애인과 춤추는 날엔

암수 한 몸인 달팽이를 사랑으로 직역하면 사랑이 올까

허공중에 떠다니는 구름의 순례자들

당신을 만졌다 놓으면 눈물이 된다

12월

어항 속 금붕어가 죽은 것은 꿈을 잘못 해석한 입방아 때문은 아니었을까

서울역 계단에서 비둘기에게 먹이를 나누어주던 남자는 나목의 감정으로 기차표를 끊었을까 창가에 기댄 구름이 흘러가듯 놓친 꿈들이 휙휙 지나간다

꿈이 명료해지도록
창문의 눈동자는 투명하고 차갑다

달의 껍질을 벗긴 각질 같은 눈발이 날린다 사람들의 시간 속에는 금붕어가 죽었다는 하루는 없다 몇 개의 껌을 들고 와 파는 잡상인의 소매 끝을 들여다본 적 있다

여전히 없는 꿈은 없고 차가운 열매는 얼어 있다고 생각하는 틈으로 12월이 왔다 눈길에 미끄러져 울던 하루를 달래며 골목 끝에 도착한다 헐벗은 창문이 걱정거리일까

금붕어는 어항 속에서 사라졌고
물은 더 이상 어떠한 표정도 드러내지 않는다

성에꽃이 핀 창문에 동그란 숨을 불어넣는다
동그라미 속으로 상현달이 차오르고 있다

가을이 툭

혹시 고래를 못 보셨나요

찻길 건너면 성당이 있고 찬송가를 듣고 있는 과일 수레가
있고
고래를 찾는 노인이 있고 손가락을 빨고 있는 아이가 있다

파도치는 방에서 고래가 실종됐다
고래의 그림자는 처음부터 없었다
그가 잡고 있는 것은 고래가 벗어놓은 검은 운동화뿐

잠에서 깬 아이의 불안이 이쪽으로 건너온다
노인의 앞을 질주하는 자동차는 무사히
고래의 무덤에 도착할 수 있을까
파라솔 밑에선 공사장 인부들의 모자가 소주잔을 돌리고
칭얼대는 아이의 입에 사탕이 물려 있다

우리 집 고양이가 말했다 고래는 없다
고래의 굽은 어깨를 보았다는 옆집 고양이도 없다

없는 고양이를 타고 기어 올라와 창문을 기웃거리는

낯선 고래 한 마리 떠 있다

자동차 바퀴가 낙엽을 지나 노인을 거쳐 비틀비틀 가을 온다

편견

애인의 아이디는 사과다
애인보다 빨간 사과를 더 즐겨 먹는다

씨방을 침입한 벌레
구름은 불편하고
자동차는 약은 고양이처럼 명쾌하고
당신은 오리 궁둥이를 가졌다

사과의 붉은 색은 소녀다
소녀가 아찔하다는 것은 당신의 사색
푸른 욕망으로 살 속을 파고든
장미 혹은 거미의 사생활
속도를 벗어나 질주를 즐긴다
껍질과 속살의 경계에서
튕겨져 나가는 저 환한 웃음

소녀의 가슴이 짝짝이일 거라는 친절함
짝짝이인 가슴이 우월하다는 합리적인 거리에서

흥미로울 것 없는 무릎을 맞대고
오늘은 어제보다 불편한 방식으로
손안에 들어온 사과를 들여다본다

사과나무의 사과는 빨간색
빨간 사과 밑을 거니는 달빛도 빨간색이다
달빛을 훔치는 고양이의 수염도 빨간색
빨간 수염을 당기는 당신의 이마도 빨간색

가벼운 포스터

인파가 넘쳐나는 광장에
빠르게 오가며 길을 가는 사람들이 잠시
벗은 여자의 몸을 안고 가다 다시 붙여놓고 간다

아이스크림 같은 달콤한 허벅지가 녹아내리고
아찔하게 열려 있는 입술 사이로
한 입 베어 문 햇살이 툭 터지는
가슴으로 파고드는 낮달
쉿! 말하지 마세요

그녀에게 빠져 나간 굴곡의 그늘이
휘어진 바람의 뼈를 맞추며 짙어지고
허공을 내딛던 벗은 발이 모아진다

비 오는 날, 깊은 수면 속으로 낚싯대를 던지면
싱싱한 손맛의 사내들이 그녀 쪽으로 깊숙이 당겨진다

그녀가 내걸린 그곳에는
어떠한 표정도 투명한 비닐처럼 가벼워지고 있다

제2부

슬리퍼에 대한 은유

고함소리로부터 빠르게 탈출할 수 있는 방법, 후다닥 꿰찬 슬리퍼, 짝이 맞지 않은 원색 반의어 같은 구조, 발가락 사이로 흙먼지가 들어오고 뱉어내는 침이 발등을 적시지만 벗어들 수도 없는 어정쩡한 달빛을 물고 있다. 동네 지붕들을 끌며 걷는 밤길, 아버지를 부인할 수 없는, 그래서 더 걷어차고 싶은 깨진 달빛들. 자꾸만 삐져 나가는 발가락에 끌려가는 슬리퍼, 다음 장을 넘기지 못한 책 페지처럼 허연 뼈들을 드러내놓고 있는 고물상, 별들이 들어찬 냉장고와 바퀴, 술주정하듯 내동댕이친 폭언의 무덤을 뒤로 하고, 복사꽃과 맞바꾼 돈을 손에 쥔 노인이 빈 리어카를 오래도록 바라본다. 술 취한 상황극은 종료되었을까? 깨진 눈동자들은? 놀란 밥상은 금요일의 상처를 잊었을까? 허공에 매달려 있는 시시비비의 간판들을 지나 목숨 걸고 지켜내자는 재건축 푯말은 붉은 고딕체다. 방범망에 붙어 죽은 곤충을 질질 끌며 따라오는 아버지, 엄지와 검지 사이에 끼어 있는 당신을 벗어 담장 밖으로 던질 수도 없는

블라인드

지상에 없는 아이를 꺼안고
여자는 정물처럼 고요해진다

어둠으로 한 몸을 이루는 사물들
시계 혹은 달력의 얼굴로 묻어가듯
먼지로 흡수되는 눈빛으로 마주 앉아

어둠의 솔기를 만지작거리자 새의 깃털처럼
날아오르는 아이의 환영
슬픈 눈동자를 쓸어내리는 환한 숨결이 곁에 있다

왜 하필 그때 아이는 공만 보고 뛰었을까
왜 하필 그때 입을 맞추고 사과꽃이 피었을까
왜 하필 그때 염소는 새끼를 낳고 우리들은 손뼉을 쳤을까
여자는 도시의 번화가에서 모카 향을 홀짝거리며
수다스런 웃음을 날리고 있었다

아이의 옷을 정리하는 여자

텅 빈 서랍 속
나란히 누운 두 개의 달

이곳은 너와의 소통이 허용되는 곳
사슴을 키우고 종이접기도 실로폰도 가능한 곳
술래잡기로 넘어지는 웃음이 떠 있는 곳
너와의 장난으로 해가 뜨고 지는 곳
새를 그리고 날려 보내기 좋은 곳

곰 한 마리 나 한 마리 곰 두 마리 나 두 마리 곰 세 마리 나
세 마리 곰 네 마리 나 네 마리 곰 다섯 마리 나 다섯 마리 곰
여섯 마리 나 여섯 마리……
몇 날 며칠을 같은 이름만 부르는 여자가 있다.

혹은, 넘어지는 술병의 입구

담장은 가파르고
안쪽의 불빛은 순조롭다

어둠은 한결같이 친절해서
소녀의 나이를 발설하지 않아도 넘어지지 않아요
캄캄할수록 명랑하게 날아다니는 손
취한 테이블에선 술병들이 별처럼 쏟아지고
나는 복제된 인형처럼
비행기도 탈 수 있어요
울지 않는 오렌지처럼
오래도록 허공을 바라보듯이

붉은 지붕 밑이거나
노란색의 담벼락들
마주 보며 자라는 소녀들을 보고
즐거운 손뼉이라 할 수 있나
느린 체온과 가벼운 공기 사이에서
알록달록한 씨앗을 풀어놓고

고장 난 시간이라 우물거리며 가방에 넣을 수 있나

봉인된 계절이 오고
우리는 서로를 모른다
씨앗이 품고 있는 우주의 형태이거나 경로에 대해 토로한
적 없다

견고한 어둠 속 소녀들은
밤을 양수처럼 사용하지만
죽어가거나 살려고 하는 소리들은 멀리 간다
개입된 구름의 목록이나 바람의 결은
거짓말처럼 가벼워서
물속에서조차 가라앉지 않는다

새로운 계보를 작성하는 노을의 무늬는 멀다

데칼코마니

호수에 빠진 달 하나가 물끄러미 하늘의 달을 올려다보네
익룡의 꿈이거나 동그랗게 비행하는 헛것으로

꿈속에서 꿈을 건너다보듯
꽃이 꽃을 퍼가듯 하얀 종이 위에
있는 나를 꺼내어 접었다 펼치면
익룡의 날개가 하나씩 진화한다

나는 너를 빠져나오면서 잠시
나는 네가 아닌 듯

거울 앞에 선 여자가 자꾸 이별한다
착하게 벗은 몸을 환하게 내걸었으며
달이 핀 창문이 흘러내린다
오늘은 다른 계절이 피는 날
바람 한 송이 가랑이 속에서 저문다
약속 없이 이곳에 있는 여자를 기다리는
익숙한 밤이 밤의 다른 손을 잡고 거울 속으로 들어간다

내 속엔 꿈꾸는 익룡의 무덤이 있고
그 무덤 속에서 깨어나는 예쁜 새 한 마리 있다
그곳에 다정한 파문이 일면 어떻게 하나

어떻게 하나, 다시 접힐 듯
왼쪽과 오른쪽 저녁의 모든 구름이 사라지면

수리공과 장미

초대의 형식은 아니지만
실내는 한껏 부풀어 있다

우연히 마주친 바람처럼
우리는 서로를 모른 채 즐겁다

이름도 모르는 사람을 방에 들여놓고
신발을 정리하고 거울을 닦는다
장미는 어제보다 조금 더 향기롭다
향기가 때론 무기 같아서 팽팽해진다

만남은 오래된 커피와 같아서
쓴맛의 어원을 잊은 지 오래
퇴화된 혀끝
달거나 쓴 촉감을 모르겠다

커튼은 나비처럼 고요하고
테이블은 단단히 묶여 있다

선뜻 들어설 수도 없는

사내의 등 뒤

숨 쉬는 찻잔이 내 손 안에 있다

볼트와 너트를 풀어내고 조이고

여린 꽃잎을 다루듯 긴장하는 사내의 숨소리

나는 과일을 꽃처럼 깎다가

허공에 손을 씻다가 말리다가

발을 오므리다가 펴다가

볼트와 너트가 정리되자

캄캄한 동굴 속 생물이 살아나듯

수만 송이의 장미꽃이 모니터 속에서 넘쳐난다

소년의 형식

방문을 걸어 잠근 소년의 형식은
강바닥에 누워 있는 돌처럼 희고 부드럽다

제 몸속 흘러 다니는 물소리에 기대어
푸른 이끼를 만지작거리며
놀란 담장 밑을 쓸어내린다
환하게 스캔되는 친구들의 웃음소리
빨갛고 노란 주먹들이 날아다닌다

교실은 달콤한 각설탕처럼 녹아들고
장미 가시에 찔린 담장 밑에서 목을 꺾는 아이들

언제나처럼 호명되는 소년은 잠깐씩
교실 밖을 벗어나 사라졌다 돌아와
상처 난 뼈들을 책상 밑에 구겨넣고
돌처럼 엎드려 수초처럼 흔들린다

그 후로도 오랫동안 사과꽃이 떨어졌지만 독감에 걸리지

않았고 가방끈을 고쳐 매지도 않았다 누구의 방문도 거절하
지 않았으므로 나쁜 꿈을 건너지 않았다

　　멀리 집어던진 돌처럼
　　새 한 마리 날아오른다

한낮의 체위

손을 뻗으면 과자가 있고 만화책이 있다
컵라면과 나무젓가락, 양말과 속옷, 모자와 우산
나른한 사건 현장 같아서
말캉해지다가 딱딱해지다가
자주 사용되는 소화제처럼 치명적이다

컴퓨터에서 쓰다만 시를 꺼버렸다
베란다는 삭제하기 좋은 곳
목욕용 의자를 놓고 뒤돌아 앉아
등이 따끈거릴 때까지 기다린다
집 나간 오빠가 돌아오기를
마지막 계단이 완성되기를
버려진 개의 파랑새이기를
내가 나로부터 빠져나올 때까지

멀쩡한 우주도 지루하고
춤추지 않는 나무들도 흥미 없다
아이들은 거리를 떠도는데

손발톱은 왜 이리도 잘 자라는지
따듯한 햇빛으로 옮겨와 정리한다

공중에 떠 있는 이름
이름을 구워 먹을지 산 채로 먹을지
그도 아니면
포르말린 왕창 넣어 유리관 속에 가두어 두고
평생을 썩지 않게 바라볼 것인가
생각해 볼 일이다

나는 오후 3시에 걸려 있고
버디컬은 구름 무늬를 막아버렸다

손을 뻗으면 타성에 젖은 애인이 있고 바나나가 있다
던져버린 브래지어와 안경과 비닐 봉투가
번데기 만드는 누에 체위*를 닮아 있다

* 영화 '돈 룩 다운' 대사.

설탕

　설탕은 독약이다 아니다 칭찬이다 아니다 선문선답이다 아니다 감기다 아니다 독설이다 아니다 흥기 없는 사살이다 아니다 부르주아다 아니다 낯선 방문객이다 아니다 사월에 내리는 눈이다 아니다 나를 키워낸 속임수다 아니다 13층에서 뱉어내는 가래다 아니다 가시에 찔린 첫사랑이다 아니다 낡은 액자틀에 끼워진 생생한 눈물이다 아니다 내 어머니의 늘어진 젖이다 아니다 너와 나 동반자살이다 아니다 변비처럼 힘만 주어질 뿐 빠지지 않는 시의 똥 덩어리다 아니다 순간에 피는 소름 꽃이다 아니다 저 홀로 소리치는 오르가즘이다 아니다 달빛에 피는 꽃이다 아니다 밤새워 쏟아낸 별의 사생아다 아니다 불안의 현주소다 아니다 가위 눌려 깬 새벽 내 몸에 붙어 있는 벌레다 아니다

면면

마지막 가는 길에 화장을 하는 여자
숲과 나무와 달과 별을 색칠하고
바람과 들과 꽃의 명암이 나타난다

질문의 답은 언제쯤 가능한 것일까
사원의 돌탑은?
비닐 봉투 속 유목민들은?
난민들의 한 끼 식사는?

죽음을 구체화시키는 날들이다
접시를 닦고 입입이 충돌한 이름을 삭제하며
소각시킬 상자 속을 채운다
태양이 구름을 벗어나는 아침이었다

이제 막 잠에서 깨어나 기지개를 켜듯
그녀의 볼이 화사하다
캄캄한 바다를 풀어놓고
목련의 별자리로 떠 있는 여자

무설탕으로

가려운 몸을 사정없이 긁다보면
이름도 없는 열꽃들이 솟았던 거야
꿈에서 느낀 당신을 뒤척이다
멀뚱히 깬 새벽
굽은 무릎을 달래듯 펴고 나면
살이 베인 문장들을 살려내듯
허공을 나무라고 치유하고
골목을 당신이라고 다시 펴놓으면
나는 내가 아닌듯 살아 있어
태양이 집요하게 뿌리까지 밀고 들어오면
배가 고파 머리를 자르기도 하고
귀먹은 목걸이가 첫 울음을 찾을 때까지
거리를 무작정 쏘다니기도 하면서
아주 가끔은 고양이의 눈물로 웃기도 하지
내 몸에 들어온 열꽃은
무설탕의 문명
어제는 가벼운 외출을 하고
돌아오는 거리에 바람이 불어

모든 사육되는 새들을 날려 보내는 날

흉터처럼 눈이 내려와

습성처럼 발목을 지우는

불안에 관한 보고서

1

눈앞에서 마지막 열차를 놓쳤다.

순간 지상의 모든 길들이 휘발된다. 칼에 베인 듯한 이 서늘한 메타포는 뭘까, 공포에 가까운 긴장으로 열리는 몸, 방전된 가랑이 속 번개가 내리친다. 수억만 개의 유성이 휘몰아친다. 나는 열리면서 동시에 해체된다. 낯선 광장, 주머니 칼 접히듯 펴지지 않는 몸, 살을 발라낸 뼈의 철로

2

꿈속에도 여러 갈래의 길이 꼬이거나 솟아 있다.

구름은 구름을 올라타고 흔들어대고 휘저어댄다. 한 발자국도 집을 향해 진행하지 못한다. 어둠은 두께를 더하며 조여온다. 다닥다닥 공격해오는 불가사리 그 붉은 별자리 나의 깊은 곳을 빨아댄다 번개가 가차 없이 내리친다. 나는 굴속을 후벼 파느라 손톱이 잘려나가고

불안은 오르가즘의 창고다. 번개는 불안을 공격한다. 불안의

절정에서 난 오르가즘을 느낀다. 번개 맞은 동굴이 아득해진다. 불안은 불안을 지켜내는 중독성 강한 毒이면서 눈물이다. 불안의 힘이 나를 키운다. 이 보고서는 대필도 복사본은 더더욱 아닌 리얼리티다.

3

나는 너를 주어진 시간 안에 풀어야 한다.

수억만 개의 별자리를 풀어야 하고 수억만 번 하늘과 땅이 열리고 닫힌다. 공격적인 종소리는 불안을 부추긴다. 나는 끝내 너를 풀지 못한 채 점점 높이 가벼워진다. 불안에서 꽃이 피는 기이한 세계를 어떻게 설명할 수 있을까 번개는 종소리를 관통하고 종소리는 나의 깊은 곳에서 소리친다. 하늘이여! 바다여! 살쾡이여!

소문

어제 없던 애인이 생겼다
보이지 않는 곳의 애정이 각별한지
만지거나 만지지 않는 곳에도 애인이 있다

높은 곳에 손이 닿지 않아
사내의 불안을 빌렸다
허리를 편 등에 두 손을 밀어넣기도 하고 자르기도 했다
오래전 입었던 노란 원피스를 내려놓고
구겨진 시간을 탈탈 털어 다림질하는 대낮
웃는다 하면서 울 수도 있는 사내의 햇살처럼

무엇을 상상하든 그들은 나의 절친한 애인
저 무너진 담장의 깨진 햇살들 까르르 웃는다
소문의 냄새를 나풀거리다만 나비이거나 나비의 바람이거나
소년의 입술은 붉고 동그랗다
나와 우리 사이, 이곳 광장과 저곳 광장 사이에
자전거를 타고 오는 화성의 사내가 있다

어제는 오늘보다 더 많은 바람이 불었으나

나는 방향이 같은 길을 오갔다

늘 인사 나누던 사람을 만나 인사를 나누었으며

가끔은, 새로운 애인이 생겼어요 라고 말하기도 하면서

나를 베끼는 이웃이 있고 그 이웃을 기웃거리는 이웃의 이
웃이 생겨났다

여전히 바람은 남동풍이고 나의 애인은 혀 너머 세상으로
사라지기도 한다

윙크

이 불경기에 딸기라니
날쌘 구렁이라니
명랑한 빗방울이라니

딸기는 가파르고 구렁이는 이웃집 담을 넘어가고
이미 사용한 사내의 입술은 멀리 있다

오늘은 물소리에 기대기 좋은 날
깜박깜박 멀어지는 물의 눈동자
한 방울씩 터지는 빛의 소멸을 받으며
걱정 없이 고요해질 때
조용한 물의 낯으로 흘러갈 것

방목하는 산양으로 귀 밝은 앵무새로
때론 조잘거리는 국화꽃으로
울컥 목에 가시처럼 걸리는 사람 있어
따뜻한 밥과 국을 옆에 놓고 수저를 든다

바람결에 붉어지는 떨림이라니

쾌청한 돌멩이라니

윙크를 부르는 딸기가 있고 구렁이가 있다

찡긋거리는 달의 눈알이 맵다

아들의 여자

아들의 주머니 속 여자
잘 웃는 햄스터처럼
구르는 공깃돌처럼
때론 모란꽃처럼 깊어지는 여자

노란 원피스의 그녀가 온다
한두 걸음 앞장 선 아들을 깃발 삼아
잡았던 손을 놓았던가
얼굴이 달아오르는 유리창
어깨를 타고 흔들리는 백
주머니 속에서 느꼈을 봉긋한 가슴
나는 떨어지는 고개를 곧추세우려 커피 잔을 들었다

아들은 비어 있는 내 옆자리를 지나쳐
맞은편에 나란히 앉았다
여자를 향해 조금 더 기울어져 있는 어깨
조금 더 명랑한 손가락들
알처럼 둥근 무릎

빨대를 물고 있는 구멍 속 우주처럼

아들의 주머니 속에서 눈을 뜨고 감는 여자
식사 중에도 길을 걷다가도
주머니 속 여자와 입 맞추며 혹은 만지작거리며
깔깔거리다가 뜨거워지다가
때론 예민해지기도 하는 즐거운 방식으로
들락거리는 곰 발바닥이 쑥쑥 자란다

구름의 무늬는 몇 장일까?
모래가 생성되기까지의 시간은?

시적 거리

너는 벽의 안쪽을 향해 있고
나는 안쪽을 향한 벽의 테두리 밖에서 곰곰하다

나는 시를 읽다가 쓰다가 세수하듯 영화를 본다
영화와 시의 거리는
침이 고이는 혀 밑과 혓바닥의 소름

목을 매 자살하는 여자의 소름 혹은
스스로 머리를 자르는 소름과 나의 거리

나는 쫓기는 도망자의
막다른 골목처럼 불안하게
술을 마시다가 슬그머니
취한 달빛으로 옆에 있는 사람의
손을 잡아보다가 식상하면
노가리를 잘근잘근 씹다가 재채기를 하다가
기억에도 없는 이별을 수정하듯 무심코
벽의 안쪽과 바깥쪽을 찔러본다

서로의 등을 열어 보이며

화장실에 다녀오기도 하는 슬리퍼 같은 감정으로

질량의 무게만큼 바람이 꺾이고 구름이 흩어져도 괜찮아

그건 내 뼈의 진통이고 탄생인 것을

나는 시를 읽다가 짓다가 놀이하듯 돌아앉는다

흘러내리는 벽과 시의 거리는

작두를 타는 맨발과 칼의 소름

수요일엔 성난 개를

이별하는 날엔 가벼운 설탕을

제3부

평일 감정

늙은 개의 눈동자가 이쪽을 바라본다 13층 아래, 십수 년 된 저 수만 송이의 꽃말들은 여자의 눈뜨는 새벽이었다가 자신을 굽어보는 산맥의 능선을 따라 풀어 헤치는 바람의 옷자락으로 환원된다 내가 나로부터 한 발을 반납하면 절벽을 낙하하는 몽환으로 몸이 젖을까 서른 번쯤 죽어 다시 서른 번쯤 태어나면 그날도 오늘처럼 모르는 바람이 불 테지만 죽은 흙을 갈아엎고 씨를 뿌리는 사람처럼 사랑하는 사람을 또 사랑하겠지만 한 걸음의 사이를 두고 생각하면 신열의 아픔도 용서가 되는 것처럼 서 있는 새처럼 골목이 붉어지도록 기다려본 적 있는지 오늘은 노하거나 슬퍼하지 않는 돌의 감정으로 처리된다 모두가 다 사라진 것은 아닌 달을 올려다보는 인디언 아라파오족을 닮고 싶은 평일이다 전쟁의 이념은 찾아볼 수 없는 저 순한 걸음이 발밑에 엎드린다

고양이 입장에서 보면

나는 배부른 눈물이고 따뜻한 그늘이다

지상의 모든 사물과 같은 생각으로 풀어져
화초와 금붕어와 먼지의 경계를 지우고
나는 숨 쉬는 소파이고 해바라기가 놓인 정물화다
테이블은 둥글고 입 모양도 둥글다 지구도 둥글다

당신과 내가 나란히 앉아서
각자의 생각으로 고립된 시간이 오면
구도가 맞지 않는 대상처럼 나는 자꾸만 왼쪽 손이 저리고
당신은 빨아들인 연기로 구름층을 만들어낸다
고요 속에서 금붕어가 물길을 트고
흔들리는 수초들이 빵빵한 공기를 깨트린다

나는 하품하는 봄날이고 목이 긴 꽃대궁이다
봄날이란 전령에도
감정이 있고 잘 울거나 웃는 뼈가 자라고 있어
내가 소화하기에 거북할지 모르지만

그래도 잘 헤아려보면

책상 밑에서도 두근거리는 발자국을 만날 수 있지 않을까

나는 잘 달구어진 유리의 햇살인 것을

깨진 조각의 햇살을 퍼즐 찾아 맞추듯

오해 없이 벗어놓은 옷가지의 짝을 맞추다보면

그래도 웃을 수 있는 보조개인 것이다

그늘 속으로 열 개의 발가락을 모으면

열 장의 꽃잎으로 향기로운 것을

방치

주소를 새로 써가는 개 한 마리

오늘은 동쪽의 슈퍼를 돌아 10시 방향에서 핀 백일홍을 기웃거리다 쓰레기 봉투에 코를 박는다

이곳의 주소는 '먹이가 있는 낮은 담벼락 4길'이다

공원의 나무 냄새가 내려앉은 빈 의자 바람에 스치는 살 냄새 오후의 산책길을 되돌아서는 옷깃을 물고 사라지는 붉은 노을

어떻게 사랑을 버리나
어떻게 내 손을 놓고 멀쩡하게 다른 손을 잡고 휘파람을 불 수 있을까 바람의 씨앗을 하얗게 모른다 할 수 있을까 그럴 수 있을까

날마다 새로운 주소를 써내려간다
유리 담장에 걸린 깨진 구름도 있다
해지는 노인의 걸음이 푸른 신호등을 자꾸만 놓치는 사거리

빨간 우산을 쓴 여자가 자장면 집을 스쳐 지나가는 빨간
주소

창틀이 없는 유리처럼
하늘을 잃은 새처럼
과꽃 앞에서 과꽃을 모른다

어제는 가을 셋째 주 금요일, 서쪽의 종탑을 지나서 자주
들렀던 빵가게를 돌아 익숙한 맥문동 꽃향기에 도착한다

노인이 저 홀로 잠든 지 열흘이 지나고 있다

하등에서 고등으로

늙은 몸의 길을 열어 꽃을 피우는
선인장을 느껴본 적 있다
지구의 중심에서 고요했음으로
구석진 방 하나를 내주었다
빛이 뿌려지듯 물이 흘러들었을 것이다
때론 누군가의 손을 탔을지도 모르는 일

붉은 옷고름을 풀어헤치며
활짝 웃는 처연함이라니
툭 떨어지는 가슴이라니
심장이 뛰는 떨림을 무심히 밀어내며
수컷의 냄새는 끝났다고
마른 팬티를 멋쩍게 갈아입으며
몸을 씻곤 했다

진화하는 늙은 몸의 길
하등한 것에서 고등한 것으로 변하듯

피고 지는 데 소비한 시간이 일주일

일주일 동안 물오른 가슴이었다가

높은 콧날이었다가 오르가즘으로 추락한

보라색으로 정리한 바닥

어수선한 방언들을 쓸어 담는다

기일(忌日)

12월의 억새는 바람에 잠들었다
강가에 박힌 돌에선 별 냄새가 난다
아무도 다녀간 흔적이 없는 평면의 바닥
강 건너 묶여 있는 배 한 척
그 풍경 속으로 건너갈 수 없어
돌멩이만 만지작거린다
네모지거나 굽이쳤거나
옛집을 떠돌던 혼령의 이빨들
노래할 수 없는 시간을 물고 있다
물의 주름이 잡힌다.
고요는 또 다른 풍경으로 곁을 내준다
나의 안부를 전하고 싶어
큰 돌멩이 힘껏 던져본다
빈 가지를 지키고 있던 새들이 날아오른다
제상에 소복했던 흰밥에 새 발자국 난다
정박한 배
내부 속으로 흐르는 달빛
그곳에서도 그리운 것들이 있어

별처럼 쏟아지는 노을을 쥐었다 놓는다

억새풀에 베인 자국처럼 강가에 피멍이 드러난다

엄마가 돌아가신 지 오 년째 되는 날이다

파도치는 식탁

언제부턴가 비둘기가 날아간 식탁 위로
크고 작은 약병들, 컵, 오래된 꽃병, 신문, 볼펜 등이 놓여
있다

열무국수를 말아 먹고 한 알의 비타민을 삼키는 동안
고구마 줄기가 넝쿨처럼 자라고 있다
나는 거듭 유리병에 물을 채우며
커다랗게 입을 벌리고 있는 의자를 향해
한 수저의 양식과
한 수저의 안녕을 먹여주었다

의자와 의자의 뼈가 부딪치는 소리가 간간히 들릴 뿐
저녁 먹는 내내 TV화면에서는
사랑과 배신에 얽힌 삼각관계
여자의 눈물을 젓가락으로 집어 올리며
화면에서 눈을 떼지 못하는 의자들

언제나 처음처럼 감사의 인사를 나누고

유령처럼 앉아서 인형처럼 씹고

각자의 얼굴을 벽에 걸어놓고 일어선다

식탁을 배경으로 초상화처럼 걸려 있는 가족 사진이 있다

바람을 꿰매는 여자

바람인형의 옆구리를 꿰매고 있는 여자
빠져나가는 천 개의 손가락들
달아나는 간판들 기우뚱거리는 아이들
바람의 목록들이 하나둘씩 흩어지고 있다

바람의 상태로 천 리를 걸을 수 있을까
바람으로 달을 접고 펴는 날들이지만
가을에 받아둔 씨앗들 봄이 오기를 기다리며 서랍을 정리
할 수 있을까
그러니까 바람으로 서서 물이 끓는 저녁을 기다릴 수 있을까

자꾸만 넘어지는 몽골의 여자
일으켜 세운 바람을 달래보지만
의자에 걸려 붉게 쏟아지는 아이들
아이들을 끌어안고 이 테이블에서 저 테이블로
열꽃으로 흔들리는 이마가 반짝인다

흔들린다는 것은 안녕하다는 것

잘 지내고 있어요

잘 지내고 있는 거죠?

눈길 가는 곳마다 바람이다

바람을 상상하는 일은 그리 멀리 있지 않다

간간히 새들이 날아오르고

옷깃을 잡아당겨 강가에 닿기도 한다

푸른 귀들이 흔들린다

한 여자가

정박한 배처럼 앉아

바람의 뼈대를 세우고 있다

꽃들의 장례식

암울했던 혹은 치열했던 사랑이여 안녕

사랑은 타버리고 생의

그림자들은 죽음을 향해 춤춘다

진통 끝에 슬그머니 찾아와

첫사랑의 비문을 새겨놓고

자결하듯 몸을 던지면 그뿐

꽃 진 자리에서

꽃의 현상이 아닌 꽃의 바탕을 익힐 수 있을까

꽃이 몸을 비운 자리로

푸른 산과 들, 꽃과 나무, 바람과 구름이 사라지고 있다

붓다가 치켜든 꽃과 마하가섭의 미소가

정확하게 포개지는 하나의 마음을 만날 수 있을까

나뭇가지들은 밤새 몸을 떨었고

구름은 쉴 새 없이 모여들었다

바람은 죽은 꽃을 염하며

재가 돼버린 풍경과

더 이상 중력의 힘을 받지 못하는

꽃들의 날개를 쓰다듬었다

전깃줄에 걸린 노을을 뒤로 하고

조문객들은 셔터를 눌러대며

한 계절의 봄날을 배웅하고 있다

봄날

지구 밖에서 바람과 구름이 뒤엉킬 때
껍질을 깨고 나온 벌레들은 몇 시 방향으로 날아갔을까

나는, 죽었다 생각하는 너의 소식을 들여다본다

풍문으로만 들려오던 너의 죽음은
날개를 키우기 위한 깊은 어둠이었나
육교 밑 분식점에서 뜨겁게 우동을 먹던 오후에 너는
햇빛 속을 날고 있을까
건너갈 수 없는 이쪽과 저쪽의 경계를 두고
손짓하는 나비 날개처럼
길을 걷다 뒤돌아보는 바람처럼
내 몸을 다녀간 적 있는
오래전 그 골짜기의 전설로 남아

뿌리 쪽에서 한참을 머물다 가는 달빛
창문은 흔들리지 않았고
누구의 그림자도 내걸리지 않았다

날개를 그리워한 애벌레처럼

젖은 눈을 두리번거리는 날

그 많던 벌레들은 다 어디로 갔을까

그 많던 날개들은 어느 절벽에서 뛰어내렸을까

사월

벽에 기대어 놓은 지팡이
먼 길 떠날 채비를 한다
제 몸 속 박혀 있던 옹이가 부드러워지기까지
노인은 몇 번의 사월을 품고 보냈을까

사라진 벽을 움켜쥐고 있는
손가락 사이사이로 달빛이 울었다

개의 동공 속으로 풀어지는
지팡이의 환영을 향해
이리 뛰고 저리 뛰어보는 개
다섯 뼘 남짓한 개 끈으로
물병자리를 만들었다가
염소자리를 만들었다가
결국엔 제 몸을 달 속에 밀어 넣고서야
그림자를 내려놓은 듯 조용해졌다

마당 가득 별들이 내려와 있고

기웃거리는 나뭇잎이 방문 쪽을 향해 있다

나란히 벗어놓은 신발 속으로

얼비치는 달의 무늬들

웃고 있는 꽃신이었다가

머리맡 은비녀이었다가

지팡이와 달의 거리

꼭 그만큼의 사이를 두고

오래도록 벚꽃이 떨어졌다

오래도록 개가 짖지 않았다

혼잣말

목욕하는 내 옆자리의 여자
중얼중얼 날아오르네
중얼중얼 돌에 넘어지거나
중얼중얼 유리창을 통과하거나 쫓기거나

끊임없이 혼잣말을 하는 여자를 보네
발에 걸려 넘어진 촛불처럼, 잘못 건드린 농담인 듯
실을 뽑아내는 어둠 속 거미의 자세로
쉼 없이 거품을 만들어내고 있네
곧 꺼지고 다시 부활하는
알 수 없는 세상의 고요한 외침을 보네

모두가 흘낏거리는 죽은 별들을 장황하게 쏟아내고 있네
고개를 끄덕이고 허공을 찌르기도 하면서
그녀의 몸속 저장된 칩 속에는
꽃들이 충돌을 하거나 집 나간 고양이가 내걸리듯
오른쪽 귀가 먹은 금붕어의 한낮이 있고
사랑을 놓친 봄날이 피어나네

페이소스

구름은 싱겁고 햇빛은 너무 햇빛다워서 쓸모가 없어 쓰레
받기로 걷어내는 머리카락이거나 먼지 혹은 살비듬으로 처리
되는 맹물 같은 하루

너를 곁에 두고도 침 삼키듯 꿀꺽 삼켜야 하는 모호한 흔들
림 혹은 불편 오래전 인형처럼 한곳만 바라보는 집요함 그 입
술에 꼬리는 식상해 지겨워 먼지를 뒤집어 쓴 플라스틱 꽃의
꼴이라니 내가 나를 파먹는 쾌감이라니

더 우려낼 것도 없는 꿈틀거리는 허벅지, 꿈틀거리는 성기,
반응을 보이는 것으로 내가 죽지 않은 것은 분명해 나란히 누
운 나를 두고 한 세월 깨어나지 못하는 아둔한 사랑은 휘발된
술병으로 나뒹굴어졌으므로

설탕은 달고 유리는 차갑고 저녁은 맛있어, 달빛을 쓸어 담
을 수는 없는 일 그러므로 혁명은 혁명이고 그림자는 그림자
이고 옆집 개는 옆집 개인 것을

도플갱어

분명한 것은
곧, 사라질 것이다
헛것에 소스라치는 섬뜩한 눈길에
와 닿는 누군가 저 만치서 마주보고 있다
어수선했던 한 시절의 외출
허공을 떠도는 서늘한 눈동자
후미진 착란이 솟구쳐 뒷걸음질친다
상처를 열고 닫는 바람의 기도문처럼
자꾸만 손톱을 물어뜯는
계절 속에도 계절 밖에도 없는
내가 아닌 누군가 간절히
기도문을 외는 창가로 내리는 달빛
지상에 떠도는 도플갱어를 위한 경배
곧 깨어날 꿈이다
자위하며 악수를 청하는
내 손가락을 빠져나가는 서늘한 기운
한 시절 바람이거나
혹은 지독한 태양의 저주이거나

그 장면 속으로 당신과 내가

클로즈업되어 살아간다면

동시에 구원받을 수도 있는

천국 같은 세상 어디쯤에서 서성일 것이다

먼 길을 외출했다 돌아오는 길

안녕, 하며 흰 낯빛의 누군가가

위험한 인사를 건네온다

도서관 가는 길

첫 문장을 떼어놓으면
나는 가로수이다
앞서 걷는 노인이며 창문이다
나도 누군가의 등불이며 스쳐가는 바람

꿈에 달뜬 활자의 강을 건너
눈동자여, 안녕? 안녕!
로맹 가리의 폭풍우는 섬 밖으로 밀려가고
밤새 긴 슬픔에서 깨어난 도시는
또 한 페이지의 치열한 문장

결의에 찬 잎들은 무성하고
경건하고 절대적이고 거대한 정적* 속으로
차디찬 결말에 오르기 위해
허공을 찢고 날아오르는 새

나는 어디쯤 와 있을까

경건한 맘으로 하늘을 우러러

불온은 불온을 낳고

서로는 서로를 밀어낸다

그러므로 나는 침묵하고 부활한다

* 로맹 가리의 「폭풍우」에서 인용.

남아 있는 저녁

북 치는 소년
금 간 항아리
힘센 공구들
폴더 속에 들어 있는 생물들을 삭제한다

이제 그만 방을 비워야 해
창틀을 잘 닦고
남아 있는 딸기잼을 소비하고
부족한 낮잠을 자야 해
그러고도 남아 있는 오후의 태양은
하얗게 소각해주기를

노처녀 꼬리표가 붙은 여자가
스스로 진열장 안으로 들어갔다
흘낏 휘어진 그림자가 보이고
흘낏 금빛 바다가 보이고
흘낏 칸나의 앞섶이 닫혔다 열린다

그렇게 10월이 지나가고 생선 장수가 지나가고
중고품을 가득 실은 트럭이 지나간다

여자를 사겠다는 사람들이 줄지어 섰다
장미꽃을 빼앗긴 남자
수위 아저씨
동물원 사육사
간혹, 노루 불가사리 얼룩말 곰 사자
끼어들었으나
차례를 기다리지 못하고 떠났다

구름을 무지개로 띄우면 환한 어제가 올까
언제나 명랑한 우울로 부활하는
그림자가 곳곳에서 출몰하고 있다

진열장은 몸 말리기 좋은 곳
굽은 등을 감추려고
서쪽으로 조금 기울어진 여자가 있다

제4부

꽃샘추위

이별을 수정해야 할 문장처럼 머뭇거리고 있을 때

꺼낸 손을 다시 호주머니에 넣고 만지작거린다

흐릿해진 창문에서 구름을 꺼내어

라면을 끓여야 할지 목욕물을 데워야 할지 망설이는데

느닷없이 눈발이 흩날린다

라면도 목욕물도 이별도 다시 호주머니 속에 넣는다

술래잡기 놀이는 봄이 오면 가능할 것

두터운 구름층을 열고 들어가

포를 뜨듯 한 장 한 장 구름을 떠서

물기 잘 빠지는 채반에 받쳐

볕에 내다놓으면

슬픔도 용서가 되는 오후 3시처럼

뒤돌아선 걸음이 사랑을 시작하고

나비들은 멈췄던 십자수를 다시 놓기 시작할 것이다

꽃망울이 꽃을 피우려는 그 사이,

눈발이 점점 거세지고 있다

대기권 밖을 벗어나려던 목련이

다시 한 발을 제 몸속으로 밀어넣는다

오래전 연애

오후 3시를 지나는 낮달을 걸어놓고 발톱을 깎는다
마른 샘을 밀고 나오는 살 속의 뼈

벽 속에 가둔 푸른 술병이 쏟아진다

손을 쓰지 않고도 저녁은 오고
나는 어제와 오늘을 정리한다
서쪽으로 거울을 돌리면 화성의 사내가 있다

오래전 연애처럼 낮달이 뜨는 날엔
배고픈 승냥이처럼 화장을 하고
나비 날개의 바람을 껴입는다
입안에 침이 고이듯이 웃기도 하면서
무지개를 만들어내는 소나기처럼
연잎에 구르는 물방울처럼
나는 우물 깊은 여자가 된다

당신이 낮달처럼 허공에 떠 있다

구름 사이로 희미하게 잡힐듯이

구름에 가렸다가 다시 나타났다가
구름을 피해 거울을 이리저리 돌려보지만
당신을 상상하는 퍼포먼스는 짧다

농담

느닷없이 날파리 한 마리 눈 속으로 들어와
깜박이는 눈물을 받아내듯이

불쑥 배달된 장미꽃 다발의 시간은 무채색
한 장 한 장의 낯선 향기로 흥미롭다

누구일까? 상상만으로도
입안에 침이 고이는 일
두근거리는 입술을 만났다

오 분 전과 오 분 후의 농담을 주고받듯
장미와 나는 서로를 모르는 채 설렌다

양말 속에도 갈비뼈에도 없는 향기를 찾겠다고
이 방 저 방으로 소란스럽다
커튼은 장밋빛 홍조를 띠고
예의를 다한 창문은 모자를 벗고 무릎을 굽힌다

실패한 사랑의 후유증이라도 상관없다

장미는 이미 내 손안에 들어와 있고

취한 눈동자 속 시간이 조용히 흔들릴 뿐

채 오 분이 지났을까

초인종이 다급하다

잘못 배달된 장미꽃 다발을 내어 달란다

미련한 사랑을 유리병에 꽂으려던 참이었다

유월

당신을 설명하려고 수도 없이 담장을 기어올랐죠 마른 몸에 이상한 기후가 찾아온 거죠 아버지 눈길조차 피하며 열지 않았던 봉오리, 아버지의 잠자리를 훔쳐본 건 우연이었어요 호흡을 내뱉어야 했을까요 방전된 가랑이 사이로 번개는 내리치고 확장된 눈동자는 집요하게 행위 속으로 빠져들었죠 아버지의 여자로 담장 가득 아이들을 쏟아내고 있어요 오늘도 바람은 나를 발가벗기고 구석구석 닦아주었어요 작고 여린 꽃잎의 속살까지도, 발칙한 꿈을 꾸는 날이면 침을 삼킬 여유조차 없는 불안을 끌어올리며 몸을 열곤 하죠 잎잎이 묻어 있는 당신의 정액을 담벼락 가득 묻혀놓고 날마다 거친 호흡을 토해내며 다산의 축복을 노래하죠 해마다 담장을 기어오르는 부활한 꽃송이들 아버지 오늘 밤에도 당신의 달뜬 번개를 맞을 수 있을까요 달빛을 쬐며 당신의 딸이 건너다보는 빈 곳으로 짐승처럼 우직한 그림자가 다시 한 번 짓누를까요 하혈하는 나를 막을 수는 없을까요

허수아비처럼

지키고 서 있어도 여자를 빼앗긴 사내
몸은 있되 심장이 없는 조형물처럼

오래도록 한곳을 바라본 사람은 알지
변하는 것은 산 그림자가 아니라 산이란 사실을
헐렁하게 또는 담담하거나 단순하게
이마에 땀을 닦기도 하고
소리 내어 웃거나 술 한 잔에 취하기도 하면서
저녁이 흘린 사랑을 줍는 척 허리를 굽히기도 하지

허공을 다녀온 새들은
지평선 너머 노을을 풀어놓지만
나는 당신을 지키는 힘센 허수아비
견고한 사랑을 준비하지
바람을 가르면서
달빛에 빠지면서

별들은 어느 나라에서 다가온 웃는 여자일까

완장

비상을 꿈꾸는 동그라미 속의 감동
눈부신 날의 행진이
정확한 각도의 시선으로 두터워진다
비로소 완성되는 사내

이는 완장에 대한 신뢰이고
신앙에 가까운 기도문이기도 하다

높이 날수록 단단한 날개는 견고해
열렬한 충성에도 경계를 늦추지 말아야 할 순간
단련된 긴장으로 통과하는 빛과 어둠의 형상
군중 속으로 스며드는 낮은 폭력의 속삭임

이는 완장에 대한 거짓된 충성이며
동그라미 속에 채워진 태양이기도 하다

하늘의 별을 닦아내듯
자발적 방식의 소통이 교차하는 지점에서

세상은 온통 앞장선 무리들의 뒤통수를
읽어가며 뒤뚱뒤뚱 오리걸음으로

이것은 완장에 대한 경배이고
다정한 오해이기도 하다

동거

나는 그녀를 거울 속에서 느끼곤 한다
미리 써보는 일기장이라고
흑백필름이라고

오후에 바람을 타고
이별하는 나무들
고구마가 삶아지고
창문이 활처럼 휘었다
유리 껍질 속
내 무릎을 베고 누운 그녀

늙은 아이가 꾸는 꿈은 어떤 모양일까
염소의 풀밭일까 혹은 찔레꽃 무덤일까
옹알이하듯 눈을 떴다 감았다
빈 허공을 쥐었다 폈다
웅크린 태아의 습성으로
오래도록 내 무릎을 놓아주지 않는다

분갈이한 화초를 돌보듯 씻기고 먹이는 일

불시착한 늙은 거미의 형태로 동선의 영역을 점령하며 거미줄을 뽑아내고 있다

나는 그녀에게 달 하나를 던져주고

방으로 들어가 돌처럼 가라앉는다

흔들리는 수면의 경계

주름진 달빛을 폈다 갰다

헛기침하는 마른 빨래를 어르고 달래느라

나목의 가지에 소복이 흰 눈이 쌓인다

그럼에도 불구하고

세 끼의 밥상을 착하게 비웠습니다

한 남자를 보내놓고 멀쩡하게 생선살을 발라냅니다

순조롭게 화장실도 다녀오고 TV연속극도 보았습니다

설핏 바람 한 점이 등을 훑고 지나갑니다

창문은 따듯하고 내일은 연극이 약속돼 있는 날입니다

입고 갈 옷 준비며 점심 메뉴까지 한층 더 가벼워집니다

길 건너 목련꽃이 저리도 순하게 이쪽을 바라봅니다

따듯한 어깨를 돌려놓고 차 한 잔을 마주합니다

서로의 신발이 밤새 안부를 나눕니다

바람이 빠르게 길을 열고 지웁니다

지구상에서 가장 낮은 자세로 땅의 울음소릴 듣습니다

고요는 엄숙해지고 불안은 낮아집니다

눈을 감으면 당신이 구름처럼 친절하게 떠다닙니다

몸의 중심에 익숙해지려 발가락에 힘을 모으고 있습니다

잠시 공기가 흔들리더니 벽에 걸린 당신이 기울어집니다

클릭, 투데이

오늘은 신문이 배달되지 않았고
누구의 자살도 목격되지 않았다

높은음자리표의 계단을 거슬러 내려가
방금 떠난 버스를 마중하는
볼록거울을 통과한 숨겨진 지도와
길 위의 사람들이 거울 속으로 사라졌다

오늘 아침의 일기예보에는
당신과의 동행을 고집하진 않았다
거울 밖으로 외출한 나는
분명한 거리의 풍경 속으로
여전히 당당한 어깨를 펴고 걷는다
태양의 탄생이거나
나무 병정들이 줄지어 호위한다

안개가 걷힌 오후
발바닥부터 머릿속까지

바람을 데생하듯 영혼의 지도를 그릴거야

피의 흐름을 따라 오늘을 완성할거야

일기예보에선 여전히

핸드백 속 립스틱을 궁금해 하지 않았다

고정된 기류에도 간혹, 바람이 불거나 비가 내리거나

연기처럼 스며드는 불안한 방향이 있다

죽은 자가 산 자의 무덤에 꽃을 바칠 수는 없다

사랑, 시뮬레이션

오랫동안 준비한 애인 어서 오세요

내가 여우의 발바닥을 그려놓으면
당신은 곰 발바닥이라고 대답해요
그러니까 여우에 관한 공식이란 것이
여우의 방식으로 유혹하면
우아한 백조의 날개를 연상해야 하는 것처럼

나의 내부로 흐르는 길이 있어
가시를 장미라고 품고 있으면
아픔도 없는 향기가 빗물로 흘러가고
바람 부는 날엔 신비로운 꽃의 꽃말처럼
위험한 농담이 자랄 때도 있지요

강가에 달빛을 풀어놓고
당신과 내가 나란히 앉아 하얀 발을 담그고
지느러미 물살을 따라 흘러가는 거야
달빛을 핑계 삼아 물길을 트다보면

이름도 모르는 섬에 닿을 수도 있겠지

아무도 거울의 속성에 대해 묻지 않았고
눈 감은 달의 어둠을 풀지 않았어요
한 목울대에서 여러 갈래의 어둠이 찢어진다 해도
잠깐, 고였던 침을 삼키면 어제도 오늘처럼 아침이 오고
나는 가끔씩 고양이 화장으로 담을 넘지요

내가 깡총하고 당신 옆구리로 뛰어들면
당신은 모르는 척 돌아서서 웃기도 하지요

안녕, 딜레마

13층 창가에 매미가 매달려 있다

날개를 모았던가, 입술을 달싹거렸나
머뭇거리는 안녕을 사이에 두고
마주 보는 햇살이 길다

차가운 거울 속으로 외출을 준비한다 슬쩍, 내 떨리는 날개를 다독이던 손길이 비춰진다 거울 속에는 허공에도 길이 있어 창문을 열면 내 울음이 바람의 지나온 반대쪽에서 흔들린다 아무리 멀어도 울음과 길은 같은 얼굴을 맞대고 있어 우리는 서로의 안부를 관찰한다 얼굴은 밀랍처럼 단호하다 서로가 반대편 방향에서 길을 찾지만 깨어나기엔 부족한 한 시절이 여전히 고여 있다 자신의 위치를 알리는 울음이 쉼 없이 들썩인다 오래전 풍경들이 벗어버린 허물처럼 매달려 있다 봉합할 수 없는 지난 계절의 상처 난 날개를 털며 위험한 안부를 전한다

매미가 13층 창가에 친숙하게 매달려 있다

울음소리를 기억하는 날개의 떨림과 오래 품었던 사랑의
중심에서 울리는 아득한 소리들, 추락과 허공의 경계에서 내
민 손을 선뜻 잡을 수도 없는

그곳엔 그녀가 없다

병실에 누운 늙은 어머니의 몸을 씻기며
그녀의 은밀한 속을 들여다본다
외벽을 울려대는 검은 발자국 소리들
그 소리를 실어 나르는 쇳소리
놀란 풀들이 소리 없이 눕는다
죽음을 눈앞에 둔 노모의 동굴 문이 맥없이 열린다

꺾이는 목, 흔들리는 창문 틈새로
눈발이 가랑이 속 썩는 숲을 덮는다
쉰 바람 냄새, 곰팡이 꽃을 부추겨 세운다
빗장을 풀어놓은 문, 희죽이 웃는 배설물의 무덤
뒤로 달아나는 발걸음
섬뜩하고 소름이 끼친다
그 지독한 풍경 안으로 들어설 수 없는 맨발
헤집어놓은 밭이 꿈틀거린다
그 속에서 아이들이 걸어 나온다
새하얀 얼굴의 아이들이 웃고 있다

모두 떠나보낸 그녀의 동굴

닦아내는 내 손등의 핏줄이 터진다

내 안의 우주였던 그곳, 그곳에서

그녀를 탐하며 그녀의 피 냄새를 맡으며

유유히 헤엄쳐 놀았던 동굴 속

내 아이가 나를 밀어넣는다

힐링아트

아이는 두리번거리는 손끝을 다독이며
말문이 트이듯 그림을 그려나간다

날아다니는 염소 담장을 기어오르는 거북이 손을 놓친 빈
손바닥……
하늘은 풀밭으로 내려와 있고 길들은 강가에 도착했다

네모난 방 속에 동그라미 동그라미 속에 넘어져 있던 인형
인형의 발가락 모자 모자 속으로 기어들어온 개미 개미에게
딸려온 애벌레의 껍질

아버지의 자장가는 빨간색 구두 소리
지붕 위까지 달아나는 날이면
푸른 술병이 날아와요 불량 장난감처럼
엄마는 습관처럼 바닥을 쓸고
날마다 방들은 태어나고
골목이 점점 깊어지는 날이면

불량 장난감을 들어 손목을 그어보는 놀이에 빠지고

아버지를 서랍 속에 가두고
불을 끄고 환해지기도 하는 날에는

천 개의 손톱을 물어뜯었죠
갈증 난 소낙비처럼
깨진 병의 입구에서
골목에 떠 있는 달빛을 오래도록 바라보듯이

지하에서 구름을 꺼내면 아침이 도착할까요
당신의 자전거에 올라탈 수 있을까요

태엽이 감긴 방을 풀어놓고
바퀴 빠진 자전거를 그려넣어야겠어요
시계의 초침 소리와 잠든 배낭도 함께

오빠들

샐비어는 오래도록 샘가를 지켰다
오래도록 달이 떠 있었다

한꺼번에 달려드는 오빠들
상처내고 싶은 꽃
꺾고 싶은 유리창
장난치고 싶은 장난감
깨지거나 도망치거나 난 오빠들의 사냥감

나무 뒤는 너무 헐겁고
엄마는 언제나 멀리 있어 다락방은 늘 시끄러웠으니까
생리대를 갈아 끼우는 손
뒷마당에 숨겨놓은 밤의 목록들도
오빠들은 승냥이처럼 옷을 벗기고 갈아입히고
엄마는 바쁘고 대문은 뒤에 있다

호위병인 오빠들
바람 불면 빼앗길세라

넘어지면 코 흘릴세라

손가락에 끼웠다가 화분에 심었다가

치열하게 빼앗기도 하는

내가 키우는 구렁이와 작은 병들

내일은 더 많은 오빠들이 몰려올 거예요

태어나는 봉오리

나는 팔베개로 누워

휘파람 소리로 떠다닐 거예요

오후 3시, 고구마가 삶아지는 동안

발정난 고양이 토토는 쪽지 한 장 없이 가출해 버렸으므로 그의 먹이는 말라가고 있다 나는 발톱에 매니큐어를 바르기 시작한다 발톱 위로 피어나는 열 송이 꽃에선 수상한 향기가 난다 길의 방향이 꽃길이라면? 어항 속 금붕어의 도드라진 눈망울이 내 솟은 엄지발가락을 닮았다는 친근한 관계를 만들어낸다 과자의 부스러기로 개미를 유인하다 보면 뜻밖의 스케치가 시작된다 까만 점으로 그려내는 별이었다가 꽃이었다가 오해였다가 화해로 이어진다 개미는 언제쯤 잠을 잘까? 눈꺼풀이 없기는 금붕어나 개미나 마찬가지 뜬눈으로 휴식을 취하며 꿈을 꾸는 기분은 어떨까 상상하는 일은 거울 앞에 선 나를 관찰하며 내 씨를 받아내는 일만큼 흥미 있는 일이다 매니큐어는 아직 마르지 않았고 고구마가 반쯤 익었을 무렵 소낙비가 내린다 갑자기 숨죽인 말문을 터트리듯 창문에 부서지는 빗방울, 마구 잘려나가는 빗방울이 내 발톱 같다는 생각을 한다 한몸이었다가 잘라내도 아프지 않을 발톱 같은 지루한 이별을 이제 그만 보낸다 오후 3시 무렵 그동안 참아왔던 울분이 뻥 뚫리도록 줄기차게 내리꽂히고 있다 끊임없이 방어막이 되어주는 빗소리 나를 둘러싼 소문이 잠잠해졌다 이젠 고구마의 붉은 껍질을 벗기는 일만 남았다

발칙한 꿈과 불안의 힘

장철환

1. 홀로와 서로, 사이의 꿈

우리의 삶에는 얼마나 많은 관계들이 있는가? 나와 나 아닌 것들 사이를 가로지르는 무수한 관계들. 그 속에서 시인은 서로 혹은 홀로 타인과 사물들의 경계를 분주히 들며 나며 올곧거나 뻐딱하게, 또는 순정하거나 발칙하게 어떤 관계를 꿈꾼다. 일찍이 한 시인은 "사람들 사이에 섬이 있다/그 섬에 가고 싶다"[1]고 한 바 있다. 그렇다, 시인은 사물들 혹은 사람들 속에서 '사이의 꿈'을 꾸는 자이다. '사이의 꿈'은 그 거리에 따라, 즉물적이기도 하고 실존적이기도 하며, 때로는 초현실적이기도 하다.

정운희 시인의 첫 시집은 '사이의 꿈'에 대한 시적 주체의 지향이 얼마나 간곡한 것인지를 잘 보여주고 있다. 여기 가까

---

1) 정현종, 「섬」, 『정현종 시전집 1』, 문학과지성사, 1999, 162쪽.

이 있는 두 사물이 있다. 인접한 것들, 이를테면 "달과 달무리/
우산과 우산살/윗입술과 아랫입술/초침과 분침/눈물과 눈물
샘"(「시인의 말」) 등등. 두 사물 사이는 일차적으로 물리적인 거
리를 나타내겠지만, 그것이 심리적인 거리가 아닐 이유도 없
다. 여기서 인접한 두 사물 간의 논리적 거리와 그 양상을 따지
는 것은 소소한 재미야 있겠지만 대체로 부질없는 짓이다. 논
리적인 거리가 시적 거리의 특수성을 사상(捨象)한다면, 그것은
"동거한 수많은 애인들"(「시인의 말」)의 사상(死傷)일 수밖에 없
기 때문이다. 왜 아니겠는가? '사이의 꿈'을 꾸는 자라면, 그것
이 아무리 빼딱한 것일지라도 시적 거리의 폭과 깊이를 사상
(思想)하는 것은 일종의 천분일 테니까······.

더욱이 '짝'을 이룬 것들에 대해서는 두 말할 필요가 없다.
'볼트와 너트'도 마찬가지이다.

태초의 말씀을 타고 어둡고 환한 빛이 여러 날 번갈아가며
흘러들었다 나라는 이름의 문을 열기 위해 한평생을 달그락거
렸다 이따금 그 문을 열어 몸의 방향을 바꿔놓았으며 계절을
바꾸고 노아의 방주에 선택된 암수 동물 한 쌍처럼 소리들이
자랐으며 먼지와 바람이 들락거렸다 홀로 있겠다면 홀로 있는
것이다 서로가 서로의 심장을 마주 보며 평생을 서서 늙어가
는 나무도 있다 각기 다른 자궁에서 태어났으나

부드럽게 접근할수록 강하게 완성된다 집중적이지만 공격적
이지는 않다 몸에 바탕을 익혀 손끝에 숨겨놓은 길을 신중하
게 감지해야 한다 천기를 누설해도 안 되며 불온한 자들을 따
돌려야 한다 배신은 용납할 수 없는 일이므로 서로는 서로에

게 깊숙해져야 한다 차갑고 단단할수록 아이는 따뜻하게 늙어
갈 사랑을 낳을 것이다 내가 너를 이토록 원하고 있으므로 가
까이 더 가까이 깊숙이 더 깊숙이 끝장을 봐야 한다

—「볼트와 너트」 전문

삶이 "나라는 이름의 문을 열기 위해 한평생 달그락거"리는
일이라면, 그의 실존은 "홀로 있겠다면 홀로 있는 것"의 사태
속에서 구성된다. 이때 '쌍'을 이루는 일은 "서로가 서로의 심
장을 마주 보며 평생을 서서 늙어가는" 일과 다르지 않다. 그
것은 단독자로서 타인에게 다가갈 수 있는 거리, 아니 더 이상
다가갈 수 없는 '서로'의 임계점을 보여준다. 각자 "다른 자
궁"에서 태어난 자들의 좁힐 수 없는 사이를 물리적 거리라고
하자. 문제는 이 물리적 거리를 절대적 거리로 인정할 수 있는
가이다. 만약 그럴 수 없다면, 단자(單子)로서 주체가 물리적
거리를 어떻게 좁힐 수 있는가를 사유할 필요가 있다. 이것은
물리적 거리와는 다른 차원의 사이가 존재함을 의미한다. 그
거리를 시적 거리라고 하자. 볼트와 너트라는 친숙한 두 사물
이 '사이의 꿈'을 위한 비유가 되는 것은 여기에서부터이다.

볼트와 너트의 사이는 "부드럽게 접근할수록 강하게 완성
된다"에 축약돼 있다. 양자 사이의 견고한 결속은 부드러운
접근을 통해서(만) 이루어진다. 이를 위해서라면 "몸에 바탕
을 익혀 손끝에 숨겨놓은 길을 신중하게 감지해야 한다"는 요
청을 받아들일 필요가 있다. 또는 "서로는 서로에게 깊숙해져
야 한다"에서 '해야 한다'라는 당위(當爲)가 요구되는 이유를
이해해야만 한다. "내가 너를 이토록 원하고 있으므로"에서

129

확인할 수 있는 것은 '사이의 꿈'에 대한 주체의 강력한 욕망이다. 견고한 '쌍'을 이루려는 욕망은 물리적 거리와 심리적 거리의 간극을 좁히려는 노력, 곧 실존의 세계에 당위의 세계를 도입하려는 의지를 발산하고 있다. 그 의지가 얼마나 강력한 것인지는 시의 마지막 구절이 잘 보여주고 있다. "가까이 더 가까이 깊숙이 더 깊숙이 끝장을 봐야 한다"에 명시되어 있는 것은 당위로서 표출된 주체의 욕망의 절박함이다. 물리적 거리와 심리적 거리의 간극, 실존과 당위의 격차, 그것은 정운희 시집의 전체에서 '홀로'와 '서로'라는 이름으로 변주되어 '사이의 꿈'으로 현상한다. 그것이 얼마나 아슬하고 절박한 것인지는 관계의 두 극점 사이에서 '시적 거리'가 취하는 장력을 통해서 확인할 수 있다.

2. 분노와 상처의 데칼코마니

'사이의 꿈'을 꾸는 자에게 가족 관계만큼 물리적 거리와 심리적 거리의 편차가 분명하게 드러나는 지점도 드물다. 그것은 가족의 사이가 '홀로'와 '서로'라는 무한대의 진폭을 갖기 때문이다.

문은 고통 없이 잠겨 있다

가장자리부터 녹슬어가는 숨결을 품고 있는지
언젠가 제 몸이 녹의 일부가 되기까지
더 많은 악몽을 배설해야 한다

느닷없이 선반 위 유리컵이 떨어지듯이
느닷없이 손목을 긋고 욕조에 몸을 담그듯이
그곳에서 분노와 상처를 해결하고
녹을 꽃처럼 피워내 안전하게 내부로 들어가기를
강 속 같은 몽상의 방에서 피고 지기를 여러 날

얼굴에 난 상처 자국을 보았다
실금 간 유리처럼
아들은 단순하리만치 무표정했다
꽃을 해결하듯 수음을 즐기고
오래도록 잠을 청하기도 했다
잠깐 흐느끼는
음악 소리로 부풀려지기도 하는 방

문은 안으로부터 열려 있다

내부에서 피고 지는 파편들이
또다시 방의 실명을 증명하듯
제 스스로 염원해 갈망하는 것이다
방문은 고정된 액자처럼 흘러가고
녹을 잠식시킨 풍경들은
제 궤도를 벗어나 조금씩 이동한다
—「아들의 방」전문

시작부터 '아들의 방'은 잠겨 있다. 그의 방은 "분노와 상처"로 한껏 부풀고 있다. 아들의 "분노와 상처"가 어디에서 비롯하는지는 분명치 않지만, "얼굴에 난 상처 자국"을 통해 그것이 얼마나 치명적인 것인지는 가늠할 수 있다. "느닷없이" 무슨 일이 벌어질 수 있다는 두려움은 치명성을 배가한다. 당연한 말이지만, 닫힌 방문은 가족 관계의 단절을 표상한다. 여기서 문제는 아들의 방문이 "고통 없이" 잠겨 있다는 데에 있다. 닫힌 방문 바깥에서 관계의 회복을 도모하는 자에게 "고통 없이" 닫힌 방문은 오히려 격렬한 고통을 유발한다. 그러한 고통은 표층적으로 닫힌 방문에서 기인하는 것이지만, 심층적으로는 '아들의 무심함'에서 유발되고 있다. 물리적 거리 배면에 내재한 심리적 거리를 좁힐 수 없다는 인식이 고통을 일으키는 것이다. 이것은 가족 관계의 단절을 바라보는 두 주체 사이에 미묘한 차이가 있음을 암시한다.

아들과의 사이에 돌이킬 수 없는 심리적 거리가 가로놓여 있음을 보여주는 징표는 아들의 '무표정'이다. '무표정'은 "미세한 금을 다시 만드는 우리들의 놀이"(「무궁화꽃이 피었습니다」)와의 관련성을 보여준다. '무궁화꽃이 피었습니다'라는 놀이가 갖는 특수성은 술래가 뒤돌아 서 있을 때 움직여야 한다는 것에 있다. 술래의 입장에서 보면 타인들의 표정과 행동은 비연속적이며, 따라서 그가 보는 것은 느닷없이 다가오는 표정과 움직임들뿐이다. 이렇게 말할 수 있다, 술래가 볼 수 있는 것은 '무표정'과 '정지'의 몽타주라고. 재빠르지 않은 자라면 이 놀이에서 술래를 면하기란 쉽지 않을 것이다. 아들의 '무표정'은 바로 그 기민하지 않은 술래를 기만하고 그를 고통에 빠뜨린다. 도대체 무슨 일이 벌어지고 있는가, 아니 무엇을 해야 하는가, 굳게 닫힌 '무표정' 앞에서······.

"녹을 꽃처럼 피워내 안전하게 내부로 들어가기"를 바라는 것, 이것이 닫힌 방문 앞의 술래가 할 수 있는 최선책이다. 제스스로 '분노와 상처'를 게워내기, 하여 "뱉어낸 녹으로 명랑해지는 방"이기를 염원하는 것, 이것이 기민하지 않은 술래가 할 수 있는 유일한 선택이다. 잠긴 방문이 내부로부터 열려 제스스로 표정과 움직임을 드러낼 때까지 기다릴 수밖에 없는 것이다. 이러한 방법이 현명한 것인지 아닌지는 아직 가늠할 때가 아니다. 다만 확실한 것은, '밖으로 나오기'가 아니라 "내부로 들어가기"가 '분노와 상처'를 뱉어내고 다시 "명랑해지는 방"을 보는 유일한 방안이라는 것이다. 이는 매우 중요한 사실하나를 암시하는데, 그것은 동일한 사건이 이미 다른 시간과 장소에서도 발생했다는 것이다. 아들과의 단절, 그것은 이미 오래전 부모와의 단절의 경험을 소환한다. 과거 또 다른 지층에 묻어둔 '기억의 방'이 지금 아들의 닫힌 방문 앞에서 부활하고 있다. 그러니 닫힌 방안에 웅크리고 있는 자는 아들만이 아니다. 그의 무표정은 곧 나의 무표정이기도 하다. 우리는 여기서 가족 관계 안에서 재생되고 반복되는 '분노와 상처'의 데칼코마니를 발견한다. 그 원천에 다음과 같은 시가 있다.

　고함소리로부터 빠르게 탈출할 수 있는 방법, 후다닥 꿰찬 슬리퍼, 짝이 맞지 않은 원색 반의어 같은 구조, 발가락 사이로 흙먼지가 들어오고 뱉어내는 침이 발등을 적시지만 벗어들 수도 없는 어정쩡한 달빛을 물고 있다. 동네 지붕들을 끌며 걷는 밤길, 아버지를 부인할 수 없는, 그래서 더 걷어차고 싶은 깨진 달빛들. 자꾸만 빠져 나가는 발가락에 끌려가는 슬리퍼, 다음 장을 넘기지 못한 책 페지처럼 허연 뼈들을 드러내놓고

있는 고물상, 별들이 들어찬 냉장고와 바퀴, 술주정하듯 내동
댕이친 폭언의 무덤을 뒤로 하고, 복사꽃과 맞바꾼 돈을 손에
쥔 노인이 빈 리어카를 오래도록 바라본다. 술 취한 상황극은
종료되었을까? 깨진 눈동자들은? 놀란 밥상은 금요일의 상처
를 잊었을까? 허공에 매달려 있는 시시비비의 간판들을 지나
목숨 걸고 지켜내자는 재건축 푯말은 붉은 고딕체다. 방범망
에 붙어 죽은 곤충을 질질 끌며 따라오는 아버지, 엄지와 검지
사이에 끼어 있는 당신을 벗어 담장 밖으로 던질 수도 없는

— 「슬리퍼에 대한 은유」 전문

"술 취한 상황극"에서 슬리퍼가 어떻게 활용될 수 있는지
를 이보다 더 잘 보여주는 시는 없다. 황망 중에 잘못 신은 슬
리퍼만큼 어정쩡한 것이 있을까. 게다가 짝이 맞지 않은 두
짝의 슬리퍼라니……. 예컨대, 어린 시절 아버지의 폭력으로
부터 피하기 위해 다급하게 꿰찬 슬리퍼가 한 짝은 아버지의
것이고 다른 한 짝는 나의 것일 때, 그 어정쩡함은 얼마나 위
태로운가? 쫓아오는 아버지와 도망가는 나 사이의 긴장은, 인
접했지만 짝이 맞지 않은 가족 관계에 대한 비유로 읽힌다.
이때 "자꾸만 삐져 나가는 발가락에 끌려가는 슬리퍼"는 "짝
이 맞지 않은 원색 반의어 같은 구조"로 고착된 가족 관계를
보여주는 시적 장치이다. 재밌는 것은 이에 대한 시적 주체의
이중적 태도이다. 아버지로부터 도망치는 와중이지만, 그렇
다고 "아버지를 부인할 수 없는" 상황. 신을 수도 버릴 수도
없는 슬리퍼는 이러한 난감한 상황에 대한 주체의 이중적 심
리의 은유이다. 마지막 구절("엄지와 검지 사이에 끼어 있는

당신을 벗어 담장 밖으로 던질 수도 없는")은 아버지를 슬리
퍼로 치환하고서도 그것을 폐기하지 못하는 주체의 이중적
심리를 잘 보여주고 있다. "쫄아붙은 냄비 속/짜디짠 아버지"
(「늙은 몸의 길」)를 버리지 못하고 삼킬 수밖에 없는 곤혹만이
여기에 비견될 수 있다.

　이러한 곤혹스러움이 「아들의 방」의 시적 거리를 설명한
다. 시적 주체는 아들의 방문이 잠길 수밖에 없음을 알고 있
다. 그리고 그 안에는 '분노와 상처'가 위태롭게 동거하고 있
다는 것도 잘 알고 있다. 그녀는 "방문을 걸어 잠근 소년의 형
식"(「소년의 형식」)이 "짝이 맞지 않은 원색 반의어 같은 구
조"에서 비롯되는 것임을 경험으로 알고 있는 자이다. 따라서
'닫힌 방문'은 아버지와 나, 나와 아들의 사이를 하나로 중첩
하는 시간의 경첩이다. '닫힌 방문'이라는 폐쇄된 회로 속에
서 불쑥 나를 방문(訪問)하는 과거의 아버지. 이것은 과거와 현
재의 교차이며, '아버지의 딸'이 '아들의 어머니'가 되는 순
간이기도 하다. 이렇게 반복되는 폐쇄 구조가 '분노와 상처'
의 데칼코마니를 그린다. 아들의 '무표정'은 '분노와 상처'의
데칼코마니가 "고통 없이" 그리는 무늬의 한쪽 면을 묘사한
다. 그 반대편에 딸이자 어머니가 그리는 또 다른 무늬, 즉
"담장 밖으로 던질 수도 없는" "짜디짠 아버지"가 있다. 그것
은 '무표정'인가?

　　너는 벽의 안쪽을 향해 있고
　　나는 안쪽을 향한 벽의 테두리 밖에서 곰곰하다

　　　　　　　　　　　　　　　　—「시적 거리」 부분

「시적 거리」를 곰곰이 보면, '나'와 '너'라는 관계의 데칼 코마니에 의해 전사(轉寫)된 두 무늬 사이에 미묘한 차이가 있음을 알게 된다. 그것은 '무표정'과 '곰곰함'의 차이이다. '곰곰함'이 찬찬하고 신중한 표정과 태도를 의미한다면, 그것은 '분노와 상처'에 대한 새로운 시선과 관점이 개시되고 있음을 의미한다. 이를 이해하려면 1행의 '벽'과 2행의 '벽'이 다르다는 것을 알아야 하는데, 2행의 "안쪽을 향한 벽"은 이러한 차이를 가늠하는 단서가 된다. 1행의 "너는 벽의 안쪽을 향해 있고"는 "안쪽을 향한 벽"이 다름 아니라 '너'라는 사실을 보여준다. 즉 '너'는 '특정의 벽'(A)의 안쪽을 향한 존재이고, '나'는 '특정의 벽'(A)의 "안쪽을 향한 (너라는) 벽"(B)과 마주하고 있는 것이다. 따라서 '너'와 '나'는 동일한 벽의 안쪽과 바깥쪽에 있는 존재가 아니다. 이것이 '무표정'과 '곰곰함'의 시적 거리를 설명한다. 전자가 '특정의 벽'(A)의 견고함을 마주한 자의 '분노와 상처'의 외화라면, 후자는 '분노와 상처' 속에 갇힌 '너'를 향해 짓는 공감과 결속의 표정이다. 이러한 표정은 과거의 외상적 경험, 그러니까 '분노와 상처'의 벽이라는 폐쇄 회로 속에 구속되었던 자에게서 나올 수 있는 표정이다. 그러므로 시적 주체의 '곰곰함'은 "건너갈 수 없는 이쪽과 저쪽의 경계를 두고/손짓하는 나비 날개처럼"(「봄날」) 유연하지만 결정적인 부름 앞에서의 화답이다. 이것이 '나'의 데칼코마니의 무늬를 결정한다. '사이의 꿈'은 "건너갈 수 없는 이쪽과 저쪽의 경계"를 파닥이는 '나비의 꿈'이다.

3. 장미꽃과 마호가섭의 미소

나비의 '손짓'으로부터 우리는 '사이의 꿈'을 가족 관계 바깥으로 확장할 수 있게 된다. 물리적 거리가 너무 멀어 그 사이를 가늠하기조차 어려운 경우, 이를 테면 '수리공'과 같은 낯선 이의 방문처럼 우연에 의해 하나의 공간 속에 두 주체가 존재할 때, 둘 사이의 시적 거리는 얼마나 되는가?

초대의 형식은 아니지만
실내는 한껏 부풀어 있다

우연히 마주친 바람처럼
우리는 서로를 모른 채 즐겁다

이름도 모르는 사람을 방에 들여놓고
신발을 정리하고 거울을 닦는다
장미는 어제보다 조금 더 향기롭다
향기가 때론 무기 같아서 팽팽해진다

(중략)

볼트와 너트를 풀어내고 조이고
여린 꽃잎을 다루듯 긴장하는 사내의 숨소리
나는 과일을 꽃처럼 깎다가
허공에 손을 씻다가 말리다가
발을 오므리다가 펴다가

볼트와 너트가 정리되자

캄캄한 동굴 속 생물이 살아나듯
수만 송이의 장미꽃이 모니터 속에서 넘쳐난다
—「수리공과 장미」 부분

이 시의 매력은 낯선 이의 틈입과 대면이라는 상황에서 시적 주체가 겪는 미묘한 감정의 변화를 슬며시 누설하고 있다는 데 있다. 일반적으로 "초대의 형식"이 아니라면 "이름도 모르는 사람을 방에 들여놓"는 경우는 드물다. 설사 그러한 일이 벌어진다고 해도, 그것을 대하는 태도는 사무적이거나 형식적인 경우가 태반이다. 특히 수리공의 방문일 경우는 더욱 더 그러할 텐데, 이 시의 경우 낯선 이의 방문 앞에서 시적 주체는 매우 특이한 태도를 보이고 있다. "실내는 한껏 부풀어 있다"와 "향기가 때론 무기 같아서 팽팽해진다"는 사적 공간 안에서의 미세한 기류 변화를 잘 포착하고 있다. 이것을 성적 일탈의 뉘앙스로 해석할 수 있는가? 충분히 가능하다. 사회적으로 또는 문화적으로 공인된 관계만을 짝이라고 한정할 수는 없지 않은가. 그러나 이 시가 주목하고 있는 것은 낯선 이의 틈입이 사적 공간에 일으키는 반향과 그것의 의미이다. 수리공이라는 타자의 틈입과 영향은 시적 주체가 '사이의 꿈'을 통해 지향하는 바가 무엇인지를 매우 분명히 보여주고 있다. 그것은, 한마디로 타자의 내면화이다. 만약 우리가 시적 주체의 '사이의 꿈'의 지향점을 타자의 내면화에서 찾을 수 있다면, 수리공의 방문에 대해 주체가 취하는 '삐딱한 사상'(「시인의 말」)을 삐딱하지 않게 이해할 가능성을 발견하게 된다.

여기서 주목할 것은 '꽃'이다. '꽃'은 수리공과 시적 주체를 매개하는 사물이다. 수리공의 방문의 일차적 목적은 고장 난 기계의 수리에 있다. 그런데 "볼트와 너트를 풀어내고 조이"는 그의 작업에서 흥미로운 것은 기계가 아니라 생명을 다루는 자의 태도가 발견된다는 점이다. "여린 꽃잎을 다루듯 긴장하는 사내의 숨소리"에서 볼 수 있는 것은 여린 생명을 다루는 자의 섬세한 손길이다. 이것은 "몸에 바탕을 익혀 손끝에 숨겨놓은 길을 신중하게 감지해야 한다"는 「볼트와 너트」의 일절과의 친연관계를 예시한다. 그렇다면 수리공은 '볼트와 너트'라는 두 사물 사이에서 "자발적 방식의 소통이 교차하는 지점"(「완장」)을 발견한 자이며, "몸에 바탕을 익혀 손끝에 숨겨놓은 길"을 체득한 자가 된다. 이것이 시적 주체에게 의미하는 바는 큰데, 그것은 시적 주체가 '너'라는 벽의 테두리 밖에서 '서로가 서로에게 깊숙해지기'를 꿈꾸는 자이기 때문이다. "나는 과일을 꽃처럼 깎다"는 사물을 대하는 수리공의 방식이 타자를 대하는 주체의 방식으로 전이되고 있음을 여실히 보여주는 사건이다. 이러한 사건을 통해 시적 주체는 단절된 관계 속에서 타자를 내면화할 가능성을 획득하게 된다. 이때 우리는 고장난 모니터에서 "수만 송이의 장미꽃"이 되살아나는 광경을 목도하게 된다. "짝이 맞지 않은 원색 반의어 같은 구조"가 "방향이 같은 이름"(「새를 수정하다」)으로 수정되는 순간이다.

시적 주체의 내적 공간에 틈입하는 것이 '수리공'이 아니어도 좋다. 헤어진 애인으로부터 느닷없이 전송받은 '사과'

(「카톡, 카톡」)이거나, '느닷없이 날아든 날파리'(「농담」)이어
도 상관없다. 그것이 시인의 단절되거나 정체된 내적 공간에
파문을 일으키며 새로운 활력과 역동을 불러일으키는 한, '사
이의 꿈'을 꾸는 시적 주체의 몽상은 더욱 강화될 수밖에 없
다. 그런 의미에서 '잘못 배달된 장미꽃'은 수리공이 되살린
"수만 송이의 장미꽃"의 환유이다.

"불쑥 배달된 장미꽃 다발"2), 그리고 상상으로 부유하는
시적 주체. 우리가 주목할 것은 이러한 에피소드가 얼마나 빈
번한 것인가가 아니라, 사소한 일상의 촌극에 불과한 이러한
사건이 시적 주체에게 일으키는 파장과 반향의 의미이다. 잘
못 배달된 장미는 "불쑥 배달된 장미꽃 다발의 시간은 무채
색"에서 보듯, 시적 주체와 아무런 상관도 없는 시간의 층위
에서 배달된 것이다. '무채색의 시간'은 시적 주체와 장미꽃
사이의 단절과 분리를 상징한다. 이런 의미에서 장미꽃의 '무
채색'은 '무표정'이라는 "방문을 걸어 잠근 소년의 형식"의
시각적 표현이라 할 만하다. 그런데 배달원의 실수라는 우연
적 사건에 의해, 장미꽃과 시적 주체는 동일한 시간과 공간을
점유하는 두 사물이 되었다. 이는 시적 주체의 내밀한 공간이
시간의 지각변동에 의해 새로운 역학 관계 속에 놓이게 됐음
을 의미한다. "입안에 침이 고이는 일", "두근거리는 입술"은

---

2) 불쑥 배달된 장미꽃 다발의 시간은 무채색/한 장 한 장의 낯선 향기로
흥미롭다//누구일까? 상상만으로도/입안에 침이 고이는 일/두근거리는
입술을 만났다//오 분 전과 오 분 후의 농담을 주고받듯/장미와 나는 서
로를 모르는 채 설렌다(「농담」 부분)

시간의 지각변동이 일으킨 파장의 결과이다. 이러한 영향은 "장미와 나는 서로를 모르는 채 설렌다"로 요약되며, 「수리공과 장미」의 "우리는 서로를 모른 채 즐겁다"와 짝을 이룬다. 이것들은 이질적인 것(수리공과 장미꽃)을 품으려는 노력, 곧 타자의 내면화를 통해 '사이의 꿈'을 이루려는 시적 주체의 노력을 반영한다. 따라서 시적 주체는 타자와 공명(共鳴)하(려)는 자이다. 그것의 지향점은 부재의 자리에서 시적 거리가 제로가 되는 지점에 도달하는 것이다.

> 꽃 진 자리에서
> 꽃의 현상이 아닌 꽃의 바탕을 익힐 수 있을까
> 꽃이 몸을 비운 자리로
> 푸른 산과 들, 꽃과 나무, 바람과 구름이 사라지고 있다
> 붓다가 치켜든 꽃과 마하가섭의 미소가
> 정확하게 포개지는 하나의 마음을 만날 수 있을까
>
> —「꽃들의 장례식」 부분

  그것이 가족 관계에서든 아니든 "하나의 마음"을 만나는 일은 쉬운 일이 아니다. 더욱이 "붓다가 치켜든 꽃과 마하가섭의 미소"에서처럼 '염화미소(拈華微笑)'의 경지에 도달하는 것은 더욱 어려운 일이다. 이심전심(以心傳心)의 실체에 대한 논의는 열외로 하자. 그것은 격렬한 논쟁과 수많은 주석을 낳고도 해결되지 않은 문제가 아니던가. 방점은 "꽃 진 자리"라는 부재하는 사물에 대한 시적 주체의 사유에 있다. "꽃 진 자리"는 삶과 죽음, 이승과 저승, 존재와 부재라는 인간이 넘어

설 수 없는 거리와 간극을 표상한다. "꽃의 현상이 아닌 꽃의 바탕을 익힐 수 있을까"가 "꽃의 현상" 이면에 내재하는 "꽃의 바탕"에 대한 인식론적 물음이라면, 이러한 물음은 "몸에 바탕을 익혀 손끝에 숨겨놓은 길"을 찾기 위한 주체의 존재론적 노력을 예증한다. 만약 "꽃의 현상"이 아니라 "꽃의 바탕"을 익힐 수만 있다면, 꽃의 죽음을 견딜 수 있지 않을까? "꽃의 바탕"을 익히는 것이 꽃의 부재 앞에서 시적 거리를 제로로 만드는 일이라면, "꽃 진 자리"는 "하나의 마음" 안에서 더 이상 꽃의 부재를 의미하지 않을 수 있지 않을까? 이것이 '무채색의 시간' 앞에서 '사이의 꿈'을 꾸는 자의 '곰곰함'이다.

4. 불안, 그 서늘한 메타포

'사이의 꿈'을 통한 관계의 재편은 양가적이다. '분노와 상처'의 데칼코마니가 과거 외상적 기억의 반복에 의한 것이라면, 그것의 해체는 일차적으로 '즐거움'(「수리공과 장미」)과 '설렘'(「농담」)이라는 주체의 향유로 나타날 수밖에 없다. 그러나 그것은 동시에 자기를 구축해왔던 토대의 상실이기도 하다는 점에서 불안을 내포한 것이기도 하다. 이것은 역설적인데, 왜냐하면 타자를 내면화하려는 노력이 주체의 외면화에 대한 두려움과 짝패를 이루기 때문이다. 이것이 낯선 공간 속에서 주체가 느끼는 기이한 불안의 정체를 설명한다. 시적 주체가 스스로 작성한 「불안에 대한 보고서」는 주체 내부가 텅 비어 있다는 것을 보여준다는 점에서 상당히 징후적이다.

1

눈앞에서 마지막 열차를 놓쳤다.

순간 지상의 모든 길들이 휘발된다. 칼에 베인 듯한 이 서늘한 메타포는 뭘까, 공포에 가까운 긴장으로 열리는 몸, 방전된 가랑이 속 번개가 내리친다. 수억만 개의 유성이 휘몰아친다. 나는 열리면서 동시에 해체된다. 낯선 광장, 주머니 칼 접히듯 펴지지 않는 몸, 살을 발라낸 뼈의 철로

2

꿈속에도 여러 갈래의 길이 꼬이거나 솟아 있다.

구름은 구름을 올라타고 흔들어대고 휘저어댄다. 한 발자국도 집을 향해 진행하지 못한다. 어둠은 두께를 더하며 조여온다. 다다다닥 공격해오는 불가사리 그 붉은 별자리 나의 깊은 곳을 빨아댄다 번개가 가차 없이 내리친다. 나는 굴속을 후벼 파느라 손톱이 잘려나가고

불안은 오르가즘의 창고다. 번개는 불안을 공격한다. 불안의 절정에서 난 오르가즘을 느낀다. 번개 맞은 동굴이 아득해진다. 불안은 불안을 지켜내는 중독성 강한 毒이면서 눈물이다. 불안의 힘이 나를 키운다. 이 보고서는 대필도 복사본은 더더욱 아닌 리얼리티다.

3

나는 너를 주어진 시간 안에 풀어야 한다.

수억만 개의 별자리를 풀어야 하고 수억만 번 하늘과 땅이 열리고 닫힌다. 공격적인 종소리는 불안을 부추긴다. 나는 끝내 너를 풀지 못한 채 점점 높이 가벼워진다. 불안에서 꽃이 피는 기이한 세계를 어떻게 설명할 수 있을까 번개는 종소리를

관통하고 종소리는 나의 깊은 곳에서 소리친다. 하늘이여! 바
다여! 살쾡이여!

—「불안에 대한 보고서」전문

시집 전체에서 이보다 더 강력한 발화를 찾기는 쉽지 않다.
우리는 이 시에서 주체할 수 없을 정도로 강렬한 감정의 소용
돌이에 휘말려 든 주체를 발견한다. 첫 구절 "눈앞에서 마지
막 열차를 놓쳤다"는 시적 주체가 일상의 친숙한 공간에서 일
탈하여 낯선 이방의 공간 속에 홀로 남겨졌음을 보여준다.
"낯선 광장"으로의 이식. 이때 주체가 느끼는 불안은 "공포에
가까운 긴장"으로 치달으며, "지상의 모든 길들"을 휘발한다.
우리의 일상적 경험은 시적 주체가 느끼는 불안이 다소 과장
된 것이 아닌가라는 의문이 들게 한다. 막차를 놓친 사건이
"나는 열리면서 동시에 해체된다"는 주체의 이산(離散)으로 고
조되는 현상에 대한 의구심이 그것이다. 이것을 이해하는 관
건은 열차를 놓친 사건이 무엇에 대한 "서늘한 메타포"인지
아는 데에 있다. 낯선 공간으로의 이식이 "서늘한 메타포"로
전이되는 메커니즘은 무엇인가? 이러한 질문에 대한 대답은
「셀프 인터뷰」에서 찾을 수 있다.

사람도 모종된다는 것을
세 번째 친척의 손으로 넘어가면서 알았다
그때, 나의 키는 지팡이만 했을까?

내가 자란 방문턱을 가리키며
기억의 방에 가둬둔 노인은

갈라진 토담처럼 글썽였다
언덕의 풀처럼 자랐을 삼 년의 발가락에 대해 물었다

내가 태어난 수십 년 전
엄마와 아버지의 관계는 수정됐다
벼랑 끝, 떨고 있는 한 송이 꽃
뜨겁다 차갑다 옳다 그르다
불안은 벽을 만들고 천둥과 번개를 동반한
소낙비가 밤낮없이 목에 차올랐다
나의 눈물은 그들을 되돌려놓지 못했다

—「셀프 인터뷰」 부분

「셀프 인터뷰」에 나타난 가족 관계 재편의 이력은 주체 내부의 심리적 단층의 이유를 설명한다. 출생과 더불어 찾아온 가족 관계의 수정과 해체는 시적 주체의 심리적 불안의 기원을 이루며, '분노와 상처'의 기억으로 성장하고 있다. 이 모든 것의 중심부에 "사람도 모종된다는 것"을 일깨워 준 "기억의 방"이 있다. 그곳에서 시적 주체는 불안으로 "벽을 만들고", 그 벽 속에서 밤낮없이 '분노와 상처'를 키운 것이다. 마치 "벼랑 끝, 떨고 있는 한 송이 꽃"처럼. 따라서 "기억의 방"은 시적 주체의 심리적 단층의 진앙지라고 할 수 있다. 그리고 그 파장(P파)이 시시때때로 주체를 엄습한다. 아들의 닫힌 방문도 그러한 방문 중 하나임에 틀림없다. 이런 의미에서 시적 주체는 '잘못 배달된 장미꽃'이며, "기억의 방"에 홀로 남겨진 '수리공'이다. 여기서 문제는 "나의 눈물은 그들을 되돌려놓지 못했다"에서 보듯, '모종된 자'가 스스로의 힘으로 그러한 상황을 바꾸지 못했다는 인식에 있다. 이러한 인식이 자기의 무능력에 대한 자책으로 전이될 때, 주체의 불안은 "기억의 방"에서 거대한 지진파(S파)를 일으킨다.

낯선 공간으로의 이식이 산출하는 불안은 막차를 놓친 일이 어째서 "서늘한 메타포"인가를 명시적으로 보여준다. 불안 속에서 주체는 "뜨겁다 차갑다 옳다 그르다"와 같은 이식의 정당성에 대한 불가해한 문제로 모든 에너지를 소진한다. 이것이 주체의 무기력("한 발자국도 집을 향해 진행하지 못한다")과 해체("나는 열리면서 동시에 해체된다")를 설명한다. 한마디로 불안은 낯선 공간으로의 이식 앞에서의 주체의 방전(放電)이다. 오르가즘은 주체의 방전이 최고조에 달했을 때 발생하는 현상이다. 따라서 "불안은 오르가즘의 창고"가 된다. 이것은 불안이 일차적으로 시적 주체에게 향유(jouissance)의 체험이기도 하다는 사실을 보여준다. 즉 주체는 불안 속에서 "내가 나를 파먹는 쾌감"(「페이소스」)을 향유하고 있는 것이다.

그러나 불안이 외상적 사건의 재생과 부활에 대한 경계경보이기도 하다는 사실을 잊지 말자. 이미 프로이트가 말했듯이, 불안은 '위험 상황에 대한 경계로서 자아(ego)가 발하는 신호'[3]이다. 프로이트의 설명은 불안의 이중성과 그것의 새로운 층위를 해명해준다. 즉 불안은 주체의 무화(無化)에 대한

---

3) 프로이트, 「억압, 증후, 그리고 불안」, 『프로이트 전집 12』, 열린책들, 1997, 307쪽. 프로이트는 이 글에서 억압이 불안의 원인이라는 초기의 관점을 철회하고, 불안이 억압 메커니즘을 발생시키는 근본적 동인임을 밝히고 있다. 이것은 불안에 대한 '자연발생론적 관점'의 포기를 의미한다.

향유이면서 동시에 주체를 새롭게 구성하는 계기인 것이다. 이런 의미에서 불안은 "毒이면서 눈물"이지만 다른 한편 "불안을 지켜내는", 곧 '불안의 주체를 지켜내는' 일이기도 하다. 여기서 우리는 "불안의 힘"을 가늠할 수 있다. 그것은 주체의 방전에 대한 주체의 충전(充電)이다. 이를 통해 주체는 '불안의 주체'로서 정립되며, 그의 세계는 "불안에서 꽃이 피는 기이한 세계"를 이룬다. 해마다 '유월'이 되면 이러한 기이한 세계는 더욱 선명해지는데, 그것은 '유월'이 주체를 이식한 자에 대한 내면화가 개시되는 순간이기 때문이다.

> 당신을 설명하려고 수도 없이 담장을 기어올랐죠 마른 몸에 이상한 기후가 찾아온 거죠 아버지 눈길조차 피하며 열지 않았던 봉오리, 아버지의 잠자리를 훔쳐본 건 우연이었어요 호흡을 내뱉어야 했을까요 방전된 가랑이 사이로 번개는 내리치고 확장된 눈동자는 집요하게 행위 속으로 빠져들었죠 아버지의 여자로 담장 가득 아이들을 쏟아내고 있어요 오늘도 바람은 나를 발가벗기고 구석구석 닦아주었어요 작고 여린 꽃잎의 속살까지도, 발칙한 꿈을 꾸는 날이면 침을 삼킬 여유조차 없는 불안을 끌어올리며 몸을 열곤 하죠 잎잎이 묻어 있는 당신의 정액을 담벼락 가득 묻혀놓고 날마다 거친 호흡을 토해내며 다산의 축복을 노래하죠 해마다 담장을 기어오르는 부활한 꽃송이들 아버지 오늘 밤에도 당신의 달뜬 번개를 맞을 수 있을까요 달빛을 쬐며 당신의 딸이 건너다보는 빈 곳으로 짐승처럼 우직한 그림자가 다시 한 번 짓누를까요 하혈하는 나를 막을 수는 없을까요
>
> ─「유월」 전문

"아버지의 여자"와 "당신의 딸" 사이에 가로놓인 시적 거리는 만만치 않다. 양자 사이의 간극을 메우기 위해 시적 주체는 얼마나 오랫동안 '사이의 꿈'을 꾸었던 것일까? 시「유월」은 시적 주체의 고군분투가 얼마나 치열한 것인지를 매우 우직하게 그려내고 있다. "마른 몸"의 소유자라면 꽃을 피워낼 수는 없는 일이다. 이러한 불가능이 가능으로 전변한 것은 "기후의 변화"로 상징된 관계의 변화 때문이다. 놀라운 것은 이러한 변화가 "아버지의 잠자리"의 목격이라는 우연적 사건에 의해 촉발되고 있다는 점이다. 아버지의 "행위"의 실제 내용이 무엇이든, 이러한 목격에 의해 시적 주체가 "아버지의 여자로 담장 가득 아이들을 쏟아내"는 계기가 되고 있음은 분명하다. "당신의 정액"은 이를 입증하는 증거이다. "마른 몸"의 주체에게 그것은 새로운 생명의 잉태라는 "다산의 축복"을 의미한다. 그렇다면 이 '발칙한' 가족 시네마가 의미하는 것은 무엇인가? 그것이 실제적인 것("아버지의 여자")이든 비유적인 것("당신의 딸")이든, 부정할 수 없는 것은 이러한 과정을 통해 시적 주체가 아버지의 내면화를 시도하고 있다는 사실이다. "당신을 설명하려고 수도 없이 담장을 기어올랐죠"는 아버지를 상징화하려는 주체의 노력을 그대로 적시한다. 이러한 시도와 노력 속에서 우리는 아버지의 부활, 즉 '죽은' 아버지에서 '살아 있는' 아버지로의 재탄생을 목격한다. 여기가 바로 아버지에 대한 상징적 인식이 싹트는 발화점이다. 시적 주체가 "당신의 딸"이 되는 것도 여기로부터이다.

그럼 불안은 어디에 있는가? "아버지의 여자"와 "당신의 딸"의 사이, 그곳이 바로 불안의 거처이다. 그것은 상상적 차원에서 "당신의 정액"이지만, 상징적 차원에서 "당신의 달뜬 번개"이다. 그러므로 "발칙한 꿈"(「시인의 말」)의 의미도 이중적이다. 그것은 1차적으로 "아버지의 여자"가 되려는 무의식적 욕망으로 구성되지만, 궁극적으로는 "당신의 딸"로 재탄생하려는 주체의 파토스로 구성된다. 이런 의미에서 불안은 상상적 세계에서 상징적 세계로 나아가려는 주체의 열망을 표현한다. "하열하는 나를 막을 수는 없을까요"는 아버지의 내면화를 통해 상징계로 안착하려는 주체의 불안의 이면을 반영한다. 하열은 내면화의 실패, 곧 상징적 아버지의 정립 실패를 의미하기 때문이다. 이것은 불안이 아버지와의 상상적 관계 속에서 자기 자신을 휘발하는 것에 대한 경계신호라는 것을 잘 보여준다. 따라서 불안은 "당신의 달뜬 번개"를 통한 주체의 충전(充電)이다. 그러니 "부활한 꽃송이들"은 그 자체로 "불안에서 꽃이 피는 기이한 세계"를 예시하지 않겠는가? "발칙한 꿈"은 '유월의 꿈'이자 '사이의 꿈'이다.

5. 그럼에도 불구하고, 불안은 낮아집니다

그 사이, 우리는 얼마나 '무표정'한가, 타인에게 혹은 자신에게? 그것은 '분노와 상처'의 데칼코마니가 그리는 무채색의 무늬를 닮았다. 우리는 그러한 '무표정'에 얼마나 "위험한 인사"(「도플갱어」)로 응수해왔는가? 그것이 위험한 까닭은 '무표정의 인사'가 주체와 타자의 간극을 절대화하기 때문이며, 주체의 무화에 이르는 마지막 인사이기 때문이다. 그러나 여기, 한 시인이 있다. 그녀는 우리의 '무표정'에 '곰곰함'으로 대면하고 있다. '곰곰함'은 '너라는 벽'을 통과할 때 시적 주체가 겪게 되는 불안의 두 가지 모습, 즉 주체의 방전과 충전의 이중 에너지로 발전(發電)한다. 그것은 '발칙한 꿈'에서 '사이의 꿈'을 꾸는 자의 표정이라 할 만하다. 여기에 '발칙한 꿈'의 이중성, '그럼에도 불구하고'의 역설이 내재한다.

세 끼의 밥상을 착하게 비웠습니다

한 남자를 보내놓고 멀쩡하게 생선살을 발라냅니다

순조롭게 화장실도 다녀오고 TV연속극도 보았습니다

설핏 바람 한 점이 등을 훑고 지나갑니다

창문은 따뜻하고 내일은 연극이 약속돼 있는 날입니다

입고 갈 옷 준비며 점심 메뉴까지 한층 더 가벼워집니다

길 건너 목련꽃이 저리도 순하게 이쪽을 바라봅니다

따뜻한 어깨를 돌려놓고 차 한 잔을 마주합니다

서로의 신발이 밤새 안부를 나눕니다

바람이 빠르게 길을 열고 지웁니다

지구상에서 가장 낮은 자세로 땅의 울음소릴 듣습니다

고요는 엄숙해지고 불안은 낮아집니다

눈을 감으면 당신이 구름처럼 친절하게 떠다닙니다

몸의 중심에 익숙해지려 발가락에 힘을 모으고 있습니다

잠시 공기가 흔들리더니 벽에 걸린 당신이 기울어집니다

—「그럼에도 불구하고」 전문

소소한 일상이 "착하게", "멀쩡하게", "순조롭게", "친절하게" 진행되는 풍경은 온화하고 포근하기까지 하다. 무슨 일이 벌어질 것이라는 생각조차 들지 않는 풍경. 그러나 그러한 풍경 속에도 "가장 낮은 자세"를 취해야만 들리는 "땅의 울음소리"가 있다. 이 울음소리는 "한 남자를 보내놓고" "지구상에서 가장 낮은 자세"로 엎드린 자가 비로소 듣게 되는 망자의 소리처럼 들린다. 그럼 "한 남자"로서 '당신'은 누구인가? 아버지인가, 아들인가, 아니면 수리공인가? "비어 있는 내 옆자리" (「아들의 여자」)를 채우는 것이 그 누구든지, 타자를 내면화하기 위한 주체의 노력은 고요를 강화하고 불안을 경감한다.("고요는 엄숙해지고 불안은 낮아집니다") 불안의 경감은 "땅의 울음 소리"가 아니라 "지구상에서 가장 낮은 자세로 땅의 울음 소리 듣습니다"가 유발하는 효과이다. 이것은 주체의 변화, 곧 무게중심의 이동을 의미한다. 주체가 재편된 관계의 무게중심을 견디려면, 온전히 "발가락에 힘을 모으고 있"어야만 한다. 그러니 발가락에 쏠린 불안의 하중은 얼마나 클 것인가? 우리가 "불안에서 꽃이 피는 기이한 세계"를 체험하려면, 발가락에 모인 '불안의 힘'으로 우리의 존재를 버텨야 한다. 그 힘이 '분노와 상처'의 데칼코마니를 "새로운 계보를 작성하는 노을의 무늬"(「혹은, 넘어지는 술병의 입구」)로 다시 피어나게 할 것이다. 그녀의 '발칙한 꿈'이 시적인 건, 거두절미하고 바로 이 '불안의 힘' 때문이다.

張哲煥 | 문학평론가